倾听一块土地的声音……

音频制作　贤珹（上海）科技信息公司

朗诵　哈若蕙　王　强　李　磊

张　亮　刘　畅　马　磊

郭丽媛　杨　强

青　荷

诗歌题注　青　荷

封面设计　吴海艳

内文制作　冯彦青

著 邱新荣

给你一个宁夏

中国言实出版社

图书在版编目（CIP）数据

给你一个宁夏 / 邱新荣著 . -- 北京：中国言实出
版社，2023.6
ISBN 978-7-5171-4447-2

Ⅰ . ①给… Ⅱ . ①邱… Ⅲ . ①诗集 – 中国 – 当代
Ⅳ . ①I227

中国国家版本馆 CIP 数据核字（2023）第 062245 号

给你一个宁夏

责任编辑：史会美
责任校对：王建玲

出版发行：中国言实出版社
  地 址：北京市朝阳区北苑路180号加利大厦5号楼105室
  邮 编：100101
  编辑部：北京市海淀区花园路6号院B座6层
  邮 编：100088
  电 话：010-64924853（总编室） 010-64924716（发行部）
  网 址：www.zgyscbs.cn 电子邮箱：zgyscbs@263.net

经 销：新华书店
印 刷：北京中科印刷有限公司
版 次：2023年9月第1版 2023年9月第1次印刷
规 格：880毫米×1230毫米 1/32 17.875印张
字 数：385千字

定 价：148.00元
书 号：ISBN 978-7-5171-4447-2

作 者 简 介

　　邱新荣，诗人、编审。现为宁夏诗歌协会名誉副会长。出版诗集《天工诗韵》《诗歌中国》（精选本6卷）、《酒香飘过来》。

　　曾获宁夏诗歌大赛一等奖、宁夏好新闻奖一等奖、宁夏广播电视新闻作品政府奖一等奖、宁夏文化岗位专业技能大赛作品金奖。

导读

牛撇捺 青荷

《给你一个宁夏》是邱新荣的诗集。收录了诗人所写的有关宁夏历史、山川、人物、特产、社会发展、时代走向等方面的199首约8000行诗。

《给你一个宁夏》是一部有关宁夏的史诗，其内容丰富，既写有我们熟知的贺兰山、六盘山、黄河、青铜峡、秦渠、汉渠、唐徕渠……又写比较冷僻的菜园子遗址、风中的乌氏戎、朦胧的北地郡、隐入风中的游牧民族、典农城、新秦中……这上下两千多年历史，纵横六万多平方公里土地，凡历史事件，各类人物，山川名胜，风土人情等，诗人用心检索、忠实描摹、科学整理、沉静思索，以浪漫的诗笔一面一寸一点地盘点严肃、严酷、严峻的宁夏史实。可以说，将宁夏的脉络梳理得如此清晰，让宁夏如列兵般整体亮相，邱新荣是第一次；用诗笔写全貌全景、有历史纵深感与前景展望性的宁夏，邱新荣是第一人。

《给你一个宁夏》是诗人为宁夏打造的一张靓丽名片，对国人乃至世人认识宁夏，有着深远的影响。

阅读《给你一个宁夏》，能确切地得到一个全新的、立体的血肉丰满、沉稳笃定而又激情四射的宁夏。

一

在诗集中，邱新荣为读者展示出一道道迷人的风景：贺兰山、六盘山、黄河；岩画、古城遗址；秦长城，明代边墙；沟谷、渠坝……既有自然风光，又有人文景观，令人目不暇接。

诗人首先告诉我们："这是一个叫宁夏的地方/宁静平和是它的主基调和永久梦想。"诗人用他驾轻就熟的诗风，引领人们在"这个地方"神游，来做形而上的推演与想象，让宁夏的所有内涵，像吹过两山一河的轻风，像跨越千万年的日月之光，吹过你的身躯，照耀你的前方……

宁夏有山，已在天地间屹立亿万年。诗人笔下的贺兰山，是一座熠熠生辉、令人神往的山。诗人写道："不止一代/而是千万代人的凝望/贺兰山/才是我们眼中最尊严的形象。""望见那些岩画群有着自己的小动作/有的生殖欲望垂地是一条腿的模样。"诗人吟诵了贺兰山的四季轮回、日月更替、虫鸣鸟唱、飞瀑流泉……诗人在纵自己澎湃之情、恣情欢唱。临了，诗人理性来了，愿意与贺兰山一起，在大雪封山的时候"沿雪中的小径走进一座西夏寺庙/坐在蒲团上/关注自己的内心世界"。这才是名山，有名山应有的稳健与沉雄。

贺兰山深处，每一处美景都呈现出绝美的诗意。苏峪口位于银川市西北约40公里的贺兰山里，有着独特的自然风光和丰厚的人文历史内涵。在《苏峪口风光》中，诗人吟道：“**苏峪口走下山来有时我们不知道/其实　正是绿草在半山坡的那种流浪/泉水　也算是一种走法/哗哗啦啦　轻轻流淌。**”苏峪口上林草稠密，水源涵养很好，到处都有潺潺的山泉。出得山来，泉水依旧清澈透亮。清冽的泉水，滋润出繁茂的植物，而且所有的植物都在读阳光，诗人说：“**野花们无书可读/就读阳光/读到空气中的音乐/它们或娇红或金黄……**”这是诗意的美丽想象，也是生存生活的真实写照。到得苏峪口，人们会被植物博物馆般的景色所吸引、所震撼、所感召。

如贺兰山一样，六盘山深处也藏有绝佳美景。凉殿峡，位于泾源县六盘山深处，是六盘山国家森林公园一个重要景点。这里山高峡深，地形险要，气候凉爽湿润，风景幽美。既有北国山势之雄，又兼南国景色之秀，自古就是避暑胜地。诗人开宗明义，吟道：“**最好的景致会在一峡/在凉殿峡的夏天/这里是大自然最慷慨的赐予/完全可以说风景无边。**”“**红腹锦鸡正在一株山梨前/卖弄自己的肚皮和机关/它是偷吃了野生蘑菇和蕨菜的/吹嘘说自己能够吃遍品味一座大山……**”树木青草是山的灵魂，飞禽走兽是山的孩子。一座山少了树木绿色，就少了神气；少了鸟鸣虎啸，就少了灵气。在诗中，诗人遍数了杨木、桦树、榆树、椴树、辽东栎、青槭树、箭竹、丁香树等植物，也为各种淘气的小动物画出一幅幅的画像。到凉殿峡，找一家民宿，坐在木椅上，面对山石林木花草，耳畔轻响水流的潺潺与百鸟的婉转，翻翻邱新荣的《凉殿峡素描》，抿一口泉水沏的枸杞叶茶，身心舒泰，心游八极。

如果说，山是大地的筋骨，河流就是大地的血管，没有河流，大地就缺乏生机与活力。在《给你一个宁夏》中，诗人对宁夏境内的河流、水渠进行了吟咏，奏出了河川的交响曲。

黄河是中华民族的母亲河。黄河流经宁夏将近400公里，流过了宁夏全域。《黄河轻柔地流过》一诗，对黄河与宁夏这片土地的血脉相融的关系做了深情的展示。诗人写道："一片土地/用自己的平实和舒展/让一条河流过来/宁静 优雅 缓慢。"在诗人的诗境诗意里，"黄河轻柔地流过"。水洞沟人在黄河边汲水，戍边的将士在黄河边饮马，屯垦的军事与移民在黄河边引水灌溉，今天的人们更是在黄河上建起了青铜峡大坝、跨越黄河的大桥、黄河世纪坛、黄河楼、黄河金岸，等等。黄河轻柔地流过宁夏，心里充满自信、自豪与温暖。

那因山石突出如嘴的石嘴子，更是给黄河平添了几分神性。

石嘴子，是黄河宁夏段向内蒙古段移交的"关防"。在《突出的石嘴子》中，诗人将石嘴子诗化为"一种眺望"，这里的人有期待，有想法，这里的山石，也充满灵气，满脑子想法。"一些东西会老得失去旧时模样/但不老的是这突出如嘴/是它倔强的形象。"石嘴子值得人们去观赏，诗人吟道："石嘴子/黄河流出宁夏的地方/它的故事在西部算不得气宇轩昂/它却是努着嘴的/一种激情的矗立注定是不俗的/还有它高贵的历经沧桑。"诗人赋予了山石人性和灵气，诗人从山石上读到了历史的演进与流变。

黄河经黑山峡进入宁夏，从狂野奔流转换为舒缓行进。《青铜峡 听青铜的喧哗》一诗，诗人邱新荣吟咏了青铜峡的神话、历史、对人类的贡献。为青铜峡立了传，为世世代代生于斯奋斗于斯的人们立了传。诗人吟道："黄河来到这里/它有着面对一块土地平静的惊诧/群山万壑是被它甩在身后的/甩下的　还有万古荒漠的死寂和可怕。"青铜峡以上，有不少美丽的地方，迷人的景色，但"死寂的荒漠"确实存在。唐诗云："黄河远上白云间，一片孤城万仞山。羌笛何须怨杨柳，春风不度玉门关。"杜甫言："君不见，青海头，古来尸骨无人收。"由此观之，由青铜峡开启的征程，是宁夏平原通达顺畅之旅。诗人吟道："水流放缓　在青铜峡/两岸的苇滩/泊着目光痴迷的野鸭/晚霞鸟一样飞过天边/一条渔船被鱼拍打着/拖着安静的渔网驶向艾草飘烟的家/浪已不是喧天巨响/而是一朵朵随风起舞的浪花/古峡啊古峡/古峡并无迷雾没有夸大和虚假/古峡让黄河放马过来/感受坦荡舒适　抚摸自己的面颊。"这是诗人为我们画出的工笔山水画，古峡、飞鸟、野鸭、渔船、鲤鱼、渔网、炊烟袅袅的人家……个个栩栩如生，呼之欲出。

在人类的遗存文明中，岩画，是诗人重墨浓彩的大写意。

在《贺兰山中啊那些岩画》中，诗人如此阐释岩画："祖先的话并未说完/哪怕越过千年/他们想说放马的艰辛/想说在湿润的山洞中部落聚议/有些人很沉重　默默无语。"诗人也在尽力地开掘岩画中表现出的浪漫四溢与心游八极："有一团月亮与狼共舞/一条飘带也飘在天边/天边的河流掉在地下/可以听到它的哭喊/三条腿的支撑/代表了先民们的生殖欲望和浪漫。"通过诗人的勾勒，我们似乎看到，夜晚的河流边，有一匹或数匹狼对着月亮嗥叫、奔跑，看到一只大老虎在山丘漫步，看到一群人在围着篝火起舞。

"岩画丰富得出乎自己所料。"宁夏的岩画，丰富多彩。

"它使一座山温暖／因为它有绽放不尽的辉煌。"（《太阳神岩画》）"在大麦地这里／嗅向一片岩画／会嗅到最古老的傍晚／那里有炊烟升起来／先民们的陶罐中　猎物／已炖得很烂很烂／一蓬亮汪汪的柴火下／大麦也是熟了／神圣而金光灿烂。"读了这样的诗，不由得就想跟随诗人一起，坐在篝火旁，捧一陶碗的兽肉大麦粥，与先民们细细地攀谈……

诗人的笔也探向了自然深处。

《硅化木　来自岁月深处》一诗，描述了发现于宁夏的硅化木。诗人吟道："和一座大山生长在一起／它有玉的颜质／时间飞一样飘过去／从岁月深处走来／它留在这里。"人们常感叹人生的局促与短暂。面对硅化木，人可以生出释然与达观。已经石化的木头，想当年曾经有过鲜活的生命。诗人说："它知道远古的那些水／那时　它的柔枝／曾伸向水中嬉戏／野草在它脚下喧哗／嬉闹不止／它伸出的手／一直想抚摸那轮红日／水湄边的日子有着恍惚的想象记忆。"硅化木是凝固的生命，镌刻着自然发展史。硅化木的存在，说明远古时期的宁夏，不是今天意义上的"塞上"，不是荒滩戈壁，而是水流充沛，森林蔽日的繁盛之地。

在《沧桑四合木》中，诗人以回溯的视野，细腻的笔触描绘四合木："老去的时间早已无有踪迹／只这一蓬蓬的油绿与世无争地长着／表达自己顽强的生命力／哪怕是亘古不变的寒冷吧／也无法灭绝充满希望的根须／来年春天／沙海中　又会竖起／绿色的旗帜。"自然有自然的法则，社会有社会的规律。植物能适应自然，就能万年亿年地生长，活成活化石。因而诗人说："四合木的长寿／可以追溯到开天辟地／四合木的坚韧／可以与最强大的耐力相比/四合木活在一片沙滩上/就是向我们明示/活出精彩/并不需要太多炫目和过分索取。"这是艺术的挖掘，更是对生命对自然的敬畏。

　　法国著名雕塑家奥古斯特·罗丹曾言："生活中不是缺少美，而是缺少发现美的眼睛。"诗人邱新荣眼中，那些逾越千年的文物古器，呈现出的是生命的本质，有情有义有活力。

　　埙古朴、简陋、原始，是中国最古老的闭口吹奏乐器。在诗人笔下，埙不但有心灵的震颤，还寄寓着民族之魂。从埙"呜呜咽咽"的音乐声中，诗人听到了人类一步步走来的喘息与脉动，"埙啊　这是一种埙/是我们土地上的黄土烧制而成/它在曾经的岁月唱过　呜呜咽咽/糅和着先祖的哭声和笑声/许多历史就是它吹出来的/严肃而并不冰冷/它所处的位置是在古城墙/在夕阳西下的黄昏/仅仅一缕秋风就会吹出它的愁容/它会泪流满面/它会告诉我们曾经历的许多事情"（《古埙呜咽》）。

　　面对着《骑马的女陶俑》，诗人吟道："有一个骑马而来的女人/却是一尊英姿飒爽的陶俑/草原在她身后不离不弃/她是没有羁绊的/没有被任何传统因素扯住衣襟//她有一双大脚/不是猜想　而是一定/舒展的脚掌踩在岁月的马镫/她和她的马以及那一俑的陶/都很踏实　无有惊恐/跑马是多么潇洒的事/而且可以任性/不会有一些专制的手伸来/来指戳她美丽的女性。"诗人笔下的女陶俑，有如古诗中的女英雄花木兰，那双没有缠过的天足，在诗人眼中是健康的，美丽的。

　　铜牌饰是匈奴人留给这个世界的艺术瑰宝，细细地端详一连串的铜牌饰，似乎可以看到铜牌饰的前生来世。诗人这样写道，"一连串的铜牌饰/表明 曾经的岁月一样有过辉煌/仅凭这些铜 这铜牌饰的叮当作响/我们就有理由膜拜/向他们表达更高的敬仰"（《一连串的匈奴铜牌饰》）。诗人写出了对一个游牧民族文化的敬仰与推崇。

诗人以娴熟的艺术手法，为宁夏铺展出一幅幅绝佳的立体景物画，为一个个联袂而出的人物著文立传。

"张扬金色的山川/最应该是在秋天/枝枝叶叶都黄了/金色 漫进了人们的双眼/金色的秋风漫步在田间/瓜果的金光灿烂啊/也有羞红 格外烂漫/金色的树叶飘着/随风盘旋/山川大地都听到了秘韵/啊 那花儿中柔情的妙曼/金色是从收获的稻麦中起身的/在阳光中肆意渲染。"（《金川 银川 米粮川》）读这样的诗，会让你深深地爱上宁夏。

二

读《给你一个宁夏》犹如补了一堂曾经缺席的宁夏地理历史课。

读了诗集中的《新满城 旧满城》才知，我们心里口里的"银川新城"是如此来历；读了《新秦中 新秦中》，原来，宁夏平原早于秦汉之时就是一片富庶之地；《廉县的背影》告诉我们，廉县（地处宁夏平罗县崇岗镇暖泉村），是平罗境内有史料记载的最早的县级建制；《黄河边的兵沟汉墓》则昭然若揭，这里是始皇的屯兵之地，大将蒙恬曾是这片土地最早的开发者。

《给你一个宁夏》通俗而深奥。谓之通俗，是因人人能够读懂，绝非那种卖弄学识玩弄技巧的分行体字。说之深奥，是诗人歌咏的人物事件，有的早已被淹没在历史的尘埃里，不为人所知。诗人在浩繁的史册中，将其打捞出来，甄别梳理，以优美理性的诗句描摹叙述，一一呈现给读者。

"可以不去纠结它的地理位置／朔方是一片秋风吹着／草在风中起伏不已／马无忌地跑着／跑累了无数的战马／朔方依旧广阔无比。"（《关于朔方》）宁夏，西周时属朔方。春秋时今固原地区为乌氏戎之地，今银南地区以盐池为中心属朐衍戎势力范围。战国时秦惠文王攻取乌氏戎地，置乌氏县，在盐池境内设立朐衍县，秦朝将前述两县划归北地郡管辖，这是宁夏地区有行政设置之始，秦在此地修建了秦长城与秦渠。汉朝时属朔方刺史部。十六国时，为匈奴铁佛部头领赫连勃勃所建大夏国领土。唐朝时，宁夏全境属关内道，设六州：原州、灵州、西会州、安乐州、雄州、警州。北宋时，宁夏属秦凤路，后被党项人所占领，北宋只控制宁夏南部（改属泾源路）。元朝时设宁夏府路，后改卫。清朝在宁夏设巡抚，署陕西布政司，下制卫所，后改宁夏府，下设州县，归属甘肃。民国时改府为道：朔方道，一年后改回宁夏道。1928年设宁夏省。新中国成立后，1949年底设宁夏省，1958年7月设宁夏回族自治区。

宁夏文化多元，社会结构多样，地下地上文物多量，历史人物，历史事件繁杂。

"不识庐山真面目，只缘身在此山中。"对于生于斯长于斯的这片土地，我们实在是知之甚少。若要看清宁夏，看懂宁夏，是需要一定知识支撑的。邱新荣的诗以及诗中的小注，可以带读者一路前行。

《给你一个宁夏》为每个走进宁夏，认识宁夏的人提供了优质的范本。

"安西王跑了/丢下了一片遗址/苍茫的黄昏中我们看着/听到碎裂的元青花/在地下的醉后呓语"（《开城遗址》）；

"朝那是一座城的时候/六盘山也是那样水汽淋淋/一场透雨刚刚下过/有点焦渴的土地连同城墙/同时受到了滋润/满山的绿色更加耀眼/人们　有着毫不惊恐的眼神"（《消失的朝那城》）；

"他所注视的/是那次镇压反叛的胜仗/来这里看风景/风景是没有过多冲击力的别无两样"（《康熙曾在这里注视》）；

"长城关在这里/这只是它的倒影/冰冷而缺乏热情/它是在通关的那一年/长出一口气　气贯全身/它是随历史而去/只留下夕阳下的砖石"（《长城关　埋在历史中》）；

"这是一种身姿和挺拔/是在一个绝对值得珍藏的时间/那架照相机看到的/或许只是英雄和浪漫/豫旺堡看到的/却是一条路　长长漫漫/依旧连接在吹号者的脚尖"（《豫旺堡的城墙上》）；

"秦渠在流动/流水哗哗/它是自秦而来的老者/与我们不离不弃/和我们共同侍弄着/生长并成熟的岁月和庄稼"（《静默无言的秦渠》）；

"旧时书院慢慢繁衍/读书的声音　听来/神圣不可侵犯"（《旧时书院》）。

……

诗人吟咏的历史事件、人物、山川名胜，等等，是宁夏的，也是全国的；能令宁夏人找到坐标，也能令天下人认识到宁夏的地位。在祖国的怀抱里，在中华的血脉中，在历史的波浪上，宁夏是一颗璀璨的明珠。

阅读《给你一个宁夏》，不仅激起了每一个宁夏人的自豪感，更重要的是唤起了宁夏人的存在感、位置感、坐标感，唤起宁夏人的坦然意识、危机意识、时不我待意识以及历史使命感与当代责任感。

宁夏自古就是多民族交汇的地方。

乌氏戎、朐衍戎，是宁夏早期出现的少数民族。

乌氏戎，西戎之一，是生活在六盘山境内较早的戎族。此民族能农耕，善经商，特点比较明显。大名鼎鼎的商人乌氏倮，便是其中的佼佼者。在《风中的乌氏戎》中，诗人吟道："讲他们的故事/并不是太多/他们跑得迅急/我们只看到/牧马的缰绳在风中轻轻哆嗦。"乌氏戎诗意地跑了，跑进了"最深的岁月"，跑进了史书，跑进了传说。而诗人邱新荣则将乌氏戎拉回到了现代现实，"我们的目光紧紧追赶/试图抓住他们的裙裾和瓦罐及历史的脉络。"因而，我们知道，曾经在很久很久以前，有个叫"乌氏戎"的民族，在这里生活过，他们是我们的兄弟姐妹。

朐衍戎，西戎之一，主要活动在宁夏盐池、陕西定边一带。期间与义渠戎杂处，在六盘山境内也有朐衍戎的活动。

在《朐衍戎》中，诗人吟道，"……啊 朐衍戎/一直把天上的星星当作自己的祖先"，"朐衍戎被称为戎/并不感到十分伤心 没有颜面/有自己的特色 他们十分自满"。诗人用不多的诗句，将这个民族从神话与史实的双重角度予以了表述，十分准确、传神。他们是逐水草而居的游牧民族，后期也从事农耕。他们在大自然中自由自在，无拘无束，他们像一道彩虹划过了历史的蓝天。他们不以被称为"戎"这个带有歧视色彩的名字而感到尴尬与沮丧。

党项族，古代西北族群。属西羌族的一支，亦称"党项羌"。在《天西北有西夏》中，诗人吟道："那里有党项族的彪悍/有他们更加彪悍的黑马/日夜兼程二百里 远方/又有一座城市被攻下/被攻下的城市泣血双流/西夏 正日益强大。"党项人无疑是彪悍的，他们得到了大片的土地，尤其宁夏平原，在天时之后，又得地利，建立霸业，便顺理成章。在《元昊王霸梦》中，诗人吟道："已经不再满足安于一隅/不再将割据视为男人的成功/一梦到天亮的是遍野的征服/是血在流是刀枪轰鸣/是普天之下的叩首拜服/是沿途的箪食壶浆恭迎/是所有对抗势力的迎风而倒/是最低程度的天下三分。"元昊梦，党项人的梦，是一种历史的必然。然而，他们却最终走进了历史深处，不见了踪影。"他们的离去/与主动被动没有关系/一片土地割据太久/会有损大历史困乏的眼皮/文化习俗的割裂/也使他们的形象有些怪异"（《党项人 走进岁月深处》）。诗人告诉我们，民族间如果没有文化的认同融合，是不会长久的。

匈奴、铁勒、粟特、蒙古族……正是有了这多民族的相互融合，才形成了宁夏这片土地的多元文化。

没有历史，就没有未来。《给你一个宁夏》，绕不开的，是古代的文明。那些留在大地的遗址、砖塔、石窟，刻在石崖的岩画，皆是人类古老文明的见证。

水洞沟遗址，是闻名中外的古人类文化遗址。在《临风水洞沟》中，诗人吟道："临风而听/这里干净得只剩下嘶鸣的秋蝉/最后那批离去的古人/早已走得很远很远/我们只是谛听者/听到那堆篝火熄灭于清晨后/我们的祖先　渐渐走远。"祖先们为什么起身离去？在诗人的想象里，先民们走向辽阔的大地，"走向东方的一股人流""走到了蓝色的大海边"；"走向西边的一群人啊/直接走进了蓝色的群山"；"北上的人们/耐力十足地走上蒙古高原"。水洞沟人走了，因此有了更多的人类遗址。

菜园子遗址，位于宁夏南部的海原县境内。菜园村的先民，是从水洞沟迁移过去的吗？在《在菜园子遗址》中，诗人说："菜园子的先人们/越过清水河　葫芦河/和那些高高的山脊/赶过热闹非凡的大集。"历史有必然也有偶然，水洞沟与菜园村，一北一南两个古人类文化遗址，为宁夏平添了几分历史的厚重与沧桑。

砖塔与石窟，是中国古代重要的宗教场所。在《海宝塔的秋风》中，诗人吟道："每年　来海宝塔/看那些金色的秋风/秋风　会从南北朝/径直走到今。"四季轮回，自然的脚步不会停留。秋风吹来了，海宝塔只会打个激灵，拢拢身上的袈裟，然后入定。诗人吟道："时代的秋风吹过后/这里　只有孤独的铎铃/在念　念岁月晨昏/错念赫连勃勃成海宝/误读湖中的塔影/为白云中的塔影。"赫连勃勃为胡夏开国皇帝。在僧、俗的世界里，"有海宝塔顽强的坚守/有经卷素食的吟诵声"，还有农人们吆牛耕作的喧闹声。来海宝塔，能让人在僧俗两界的氛围中沉入思考，获得宗教的，世俗的，哲学、史学、文学的提升。

一首首诗让我们知晓宁夏的前生与来世，也让来自五湖四海的建设者，有意有志在历代前贤卓有建树的基础上有所突破、有所作为。他们在"倾听一块土地的声音啊"，因而诗人说："一片土地语言丰富　表达深沉/它是从不轻浮的/沿岁月而下　充满责任/养育过多少水流和春风/送走过多少逝去的人群/这样的地方啊/表面上扬一点小小沙尘/骨子里却是似水柔情/它的花开　并不衰减自己的香浓/它的儿女走出去/一样弄出属于自己的风景。"

宁夏是富裕与美丽的，宁夏人民是幸福与快乐的。

以诗歌言说历史，考验的是诗人的诗才和识见。是诗，是史，让宁夏人与天下人在宁夏这片热土上共景共情。

这是诗人的力量，这是诗歌的能量！

三

宁夏是中国内陆最小的省份，有着许多不为人知的事情。当我们面对着一处处古遗址，一个个熟悉却不知其含义的地名，不禁会问：这是哪里？曾经发生了什么？就如同我们发出的那个灵魂之问："我是谁？我从哪里来？要到哪里去？"当我们通篇吟读《给你一个宁夏》的一首首诗时，我们得到了答案。

诗人将宁夏放在几千年漫长曲折的历史中去审视，放在广袤无垠的大范围去思考，其意义深刻，影响深远。

能够使一个地域产生深远影响的是人物，是事件。诗人邱新荣对走进宁夏、走出宁夏的各类人物给予客观真实的评价评判，为当今的宁夏树起了一座人物长廊。

皇甫谧乃朝那县即今宁夏彭阳县人，在《皇甫谧手中的针》中，诗人如此追溯皇甫谧的行状与事迹："皇甫谧手中的针触扎到历史的深层/扎到官场的骨节处/可以听到外戚的叫骂武夫的暴跳以及宦官细细的嗓音。"皇甫谧不屑于做官，对官场不予逢迎，他醉心的是医术的提高，治病救人；是钻研文学，专业精进。诗人说："西晋的皇甫谧　远离官府/害上了一种病叫沉湎/沉湎在书卷中/自己的经脉上　沉湎着一根探求的针。"可以说，西晋时宁夏人皇甫谧就发动了一场无声无息而又韧劲十足的"非暴力不抵抗运动"。皇甫谧值得后人尊敬。

刁雍，河北盐山人。北魏时被任薄骨律镇（今宁夏吴忠市利通区境内）将。在任期间，修建开凿了一条引水灌溉的水利工程——艾山渠。"刁雍坚实地走过去/开渠灌溉/平原上遍布他的足音/庄稼一茬一茬生长着/仅凭一条一条渠的喧腾欢闹/刁雍便无法消失了/浪花　是他消失不了的化身。"（《刁雍留下的足音》）。吟咏这首诗，我们知晓，是刁雍开拓了黄河上游水运的历史，刁雍所为，使这里国库充实，民户富足。宁夏成了北魏西北边镇的重要粮食供应基地。

郭守敬是著名的天文学家、数学家、水利工程专家。在《郭守敬并未离去》中，诗人缅怀了郭守敬踏入宁夏土地，执行朝廷钦命的历程："那时这片土地是凋敝的/遍野都是饥饿的寒风/废弃的沟渠四脚朝天/伟大的水流啊/怯而止步　在远方呻吟/兴旺的景象/早已无影无踪。"郭守敬奉命而来，他走过的地方，古渠被疏浚，被夯实，被延伸。"郭守敬不曾离去/离去的是他疲惫的外形/他的灵魂一直守在这里。"由此我们知道，郭守敬没有离去，他修浚古渠，盘活了西夏故地宁夏平原的生机。

朱栴，一个悲情藩王。因靖难政变（朱元璋第四子从侄儿手中夺位）的削藩政策，至藩王权力被削弱，朱栴多次上书回京而不得，既无法回到出生地南京，也无法去往执政地北京，半生抑郁。在《庆王朱栴的某个黄昏》中，诗人用鞭辟入里之诗笔，勾画了朱栴的窘迫，对他寄予了深切的同情："这是过了夏天/秋天的某个黄昏/望着窗外的朱栴/看到　塞上已是秋意朦胧/一些湿气渐渐褪去/他不感到风湿缠身/在韦州那里多好啊/那里没有惊悸　只有好心情//百无聊赖的王爷生活/却让他感觉到一身沉重/金陵是越念越远了/紫禁城里的心思很深/客客气气的御旨端端正正/但他听来　却是冰冷/冷气逼人。"失意的朱栴，博学多才，为宁夏编撰了第一部《宁夏志》，开宁夏修志之先河。"庆王朱栴坐在黄昏/眼前的一件事让他十分开心/新修的《宁夏志》就在手边/为此　他干得十分真诚/人物济济不和繁华处比/但塞上风流/也是楚楚动人。"读着这样的诗句，翻阅一页页的《宁夏志》，解析宁夏曾经发生过的大事，总会不由得想起那个叫朱栴的藩王。

俞德渊，宁夏平罗县人。诗人给这位同乡先贤以高度的赞扬并致以崇高的敬意。走出宁夏的俞德渊，任高官拥肥差，却不贪不腐，一生为官严正廉洁，刚正不阿。诗人说，"他很少在意自己/不在意两淮盐运使的官衔/不在意那曾是天下最富有的美官"。时光逾百年，当今天的那些为官一方的官员们，站在宁夏平罗头闸堡南昌润渠畔，读着林则徐亲自为俞德渊撰写的墓志铭"体用兼骇，表里如一"时，会不会多几分自省？

同样是宁夏本土的董福祥（青铜峡市峡口镇任桥村人），邱新荣叙述十分谨慎。在《董福祥其人》中，诗人吟道："他的故事不敢讲/不敢讲给别人听/该交给历史的早已交出/这

里　只留下了一些混沌/一些惊觉/一些胆战心惊。"为什么他的故事不敢讲，皆因为其人生经历复杂，曾募集团练，抗击清军、投降左宗棠。于平定"陕甘回乱"、收复新疆，战功卓著，官至提督。当他成为一枚弃子，革职回乡，他一定心有不甘，依旧怀揣"守时待变，以图再举"的梦想。诗人秉承历史人物要历史地去看的观点说道："不说打仗勇猛/不说护驾有功/不说临阵权变/也不说临机一动/只说秋天真是爽爽入骨/蓝天上　飘着白云。"终老家乡金积堡（今宁夏吴忠），应该是董福祥最好的结局吧。

"抗逆孤忠傲立城墙/拢着妻子手工缝制的披风/伤心的往事带来惊恐/想起太多　会引起强烈的头晕/孤注一掷　只为一城父老乡亲/他们是与他一起行走的/共同构筑了格调硬朗的西部风情。"（《抗逆孤忠》）诗人致以孤身抗逆的萧如薰最高褒奖。萧如薰，明朝将领。万历年间，由世袭百户任职宁夏参将，守卫平虏（宁夏平罗）城。万历二十年（1592年）春，哱拜、刘东旸兵变，萧如薰在无外援的困势下奋力坚守城池，叛军久攻不下，其妻杨氏（杨兆女）也大义相助，拿出簪珥首饰慰劳军士，因平叛有功升任宁夏总兵。边陲小城平罗因有了"抗逆孤忠"的名将而名留史册。

仆固怀恩，唐朝中期名将，一个遭构陷而反抗的将军。诗人在《仆固怀恩的背影》中，给予其深切的理解与同情，"仆固怀恩输给了这种声音/自诩强大的脊梁被打翻/不值分文/嘲笑的嘴脸凑过来/抛下了冰冷的嘲讽"。在特定的历史环境中，反抗构陷，反抗昏庸，是对自我生命与尊严的最佳维护，是骨气，也是一种忠诚。

有多少人在宁夏这片土地上建功立业，就有多少诗篇为他们树碑立传。《蒙恬开边》《开渠的通智》《灵州有傅氏》《六盘山下的梁氏》《仆固怀恩的背影》《月光下的皇甫规》《元昊王霸梦》《康熙曾在这里注视》……一个个人物，无不昭示着宁夏人杰地灵。

特定时期的人物、事件会推进、改变历史的进程。诗人邱新荣对宁夏境内发生的历史大事件，进行了清晰明了的阐述。

安史之乱是唐朝将领安禄山与史思明发动的与唐朝争夺统治权的内战，成为唐由盛而衰的转折点。至德元载（756年）七月十二日，太子李亨在宁夏灵武继位。一年后，收复长安与洛阳。在《灵武的那次登基》中，诗人对这次影响了大唐命运与历史走向的事件，进行了精彩的描述："已经没有了强势的大唐之风/灵武的那次登基/李亨　无法松弛自己的神经。"

因一次帝王登基，宁夏灵武在中国历史图表中记下了重重的一笔。诗人吟道："灵武的那次登基/权势又一次悄悄聚拢/利益集团护卫的剑已经别有用心/灵武不再是河边默默的小城/龙旗的飘扬使它短暂地享有了帝都之名。"国家不幸诗人幸，因为安史之乱，因为玄宗西狩中主动地放弃了他作为国君的责任与权利，因而有了李亨的登基，有了灵武的"帝都"之名。

"一支队伍/走过万里征程/在这里相聚相拥/那些恍惚的山头坐在远处/看着沸腾喧闹的人群/云在天上飞着翅膀/久久地　凝视着这样的场景"（《将台堡秋色》）。诗人满怀虔敬，播出了历史的长镜头。一次秋天的会师，改变了现代中国的历史进程。将台堡会师，是红军新历程的开始，它将永远铭刻在中国革命的里程碑上。

战争，是罪恶的渊薮。宁夏虽小，但由于其地处边塞，许多民族在这里栖居、开垦、融合、战争、生存与发展。几千年的时间里，这里有争战，也有流血。因战争，一个地方留下了不能忘却的名字。

在宁夏的战史上，大宋与西夏之间三大战役（三川口之战、好水川之战、定川寨之战），占有十分重要的地位。在《血流好水川》中，诗人进行了跨越时空的历史凭吊："时间　在野草上罍响了千年/血　依旧流在好水川/流在那些无名的白骨上/流在秋风的呜咽里边。"诗人所悲悯的，有宋朝将士，也有西夏官兵。从大的方面看，这是中华民族历史上的纠葛，是战争与和平交替下的必然反应。所以诗人说："回不了家的亡魂/游荡在西部的大山/久久怅望中原/却不知中原已是旧时概念/大地缝合了伤口　血脉相通/中华骨肉早已相连。"邱新荣的诗，再现了当年的那场战争的残酷与血腥。今天的人们提到宋夏之战，就会默念宁夏的隆德、彭阳之名。站在好水川的土地上，都会为古人献一瓣心香。

诗人不仅写古代战争，也为我们写下现代战争。1933年，孙殿英部第41军以奉命入青海屯垦为名，率军进攻宁夏，意欲吞并西北。马鸿逵、马鸿宾、马步芳、马步青四马联合拒孙。在《孙马之战》中，诗人如此状描战争场景："孙马在这里相遇了/枪炮声撞击着枪炮声/子弹飞过了惊恐的天空/田野荒芜了/无人再打理那些翠绿的风景。"

战争留给大地的是创伤，留给大脑的是永不可磨灭的记忆。诗人不仅写下宁夏大地上民族间、同胞间的战争，也写下了宁夏军民共同御敌的战争。

面对凶残的日军，宁夏军人英勇顽强。诗人说，"退无可退/身后就是家园/家哪怕留下余温也是温暖/那些迎风起伏的野草/和五月喷香的麦田/都使家园实际而丰满/父母的苍苍白发/兄妹的惊恐万端/没有什么可以轻易失去/没有什么不使人决意死战"。读《绥西抗战》一诗，让我们重温那段不可忘记的历史。

在历史事件中，起义从来争议诸多，对于帝王，起义是叛乱；对于起义军，则是为争取活命的出路。

在《高平的那次起义》中，诗人如此分析起义爆发的原因："不需要过度称颂它的辉煌/也无需用拔高的音腔/高平这边起义/压迫　激起了愤怒的反抗。"高平起义的发动者与领导人是高平镇（今固原市）人胡琛。诗人给予高平起义客观中肯的评定："高平这次起义了/驯顺的人们/发现了自己无可取代的力量/他们呐喊着冲向远方/沿途的胜利让他们欢欣鼓舞/站起来后/他们意气风发　理直气壮。"1500多年前发生的高平起义，于今已经很远，如果不是读这一行行的诗句，有谁还知道在固原这片土地上，还曾发生过这样因"压迫　激起了愤怒的反抗"？

宁夏是一片厚土。在北地郡城（今宁夏吴忠市境内）起义并称帝的滇零父子，割据一方的宁夏三水县（今宁夏同心县东南）人卢芳，历时22年的蒙夏之战……诗人以理性之笔展现出发生在宁夏的一场场战争、起义、平叛，诗人让我们知道，宁夏曾饱受战争摧残，今天的和平得之不易。

读史可知兴替，诗人呈现给我们教科书般的史诗。

"宁夏真的有一个宁静的夏天啊/风在绿色中是归巢回家/

稻花香里簇着江南的鱼虾/宁夏是不用解释的/它接受不了别人对自己的夸大/平平展展地伸展开原野/让它的山巅挂一些晚霞/历史也从开天辟地说起/说地理隆起　土地胸怀博洽/说古龙有着巨大的脸颊/古木连天的岁月/这里不曾受到洪水的惊吓/连天累月的干旱季/这里只听到渠水哗哗……"（《宁夏　宁夏》）一首首歌咏宁夏的诗篇，是诗人邱新荣奉献给读者的精神财富。

　　读诗，读史，唇齿留香。

目录

序诗 这个地方

扫码看视频

最好是空中俯瞰

可以更好地透视这个地方

两座山的骨骼很从容

黄河平静得不掀起任何恶浪

贺兰山那头黄沙跃跃欲试

六盘山经历得太多却依旧绿色荡漾

土地平展展地伸展开来

六月是可以用来听的

听见草在发出自己的翠响

这是一个叫宁夏的地方

宁静平和是它的主基调和永久梦想

历史中许多喧闹就在它身旁

需要一个宁静的夏夜

它曾心驰神往

享受安宁它不在乎曾经的雨骤风狂

它在自己的水面上摆开无数的目光

就是想看

看自己的玲珑脸庞

它不传奇

却有着传奇的力量

至少　雄性是它的一个体貌

秋风吹起的晚上

你知道它会从岁月中走过

刚健　硬朗

它培育的脚步从不柔弱

哪一串　都会是炮声一样的铿锵

它的流水声

以及夏天不打折扣的凉爽

都说明它是诗意的

诗意流淌

它浸泡抚摸过的灵魂

有趣而不轻狂

它是宁夏

一个叫宁夏的地方

土地上绽放的花朵

一样让人眼睛明亮

吹过它的风声

有着时间最私密的密藏

它从不以繁茂夸大自己

而是以适度的疏密相间和爽朗

去树立独具的形象

松软的土地一样物产丰富

群山中　满孕宝藏

那些黎明前伸入水中的鱼钩啊

一直收获满满　从不失望

给你一个宁夏吧

宁夏是这样的地方

……

扫码听诵

滩羊皮状的大地

从贺兰山往东
或自黄河向西
我们亢奋的脚步
总是走在滩羊皮状的大地
历史的元素溢在时间
滔滔水声在接近我们时
咆哮不再　戛然而止
阳光在古老的沙滩上色彩欲滴
从遒劲的草里随便捏起一撮秋色
都有天高云淡　花色迷离

滩羊皮状的大地
长相端庄大气
虽然雨水稀薄
但土地上的花朵艳丽
季节在这里是有点失序
比如春风到得有点晚
残雪消融得很慢很迟
但滩羊皮状的土地

却有着自己浪漫的固执
固执地认为岁月是一只羊
曾经对我们有过深情的凝视
肥硕的羊跑进绵延岁月里
留下这滩羊皮慢慢地长成了一块土地

草香漫过来
清新甘甜且有些迟疑
河流顺着田野漫延
明亮而平实
土地的丰厚饱满往往令人痴迷
一片飘来的沙枣花香
香味袭人　风格独具
从青铜色的峡谷开始
黄河感受到了在一块土地的骄傲和自己的舒适
滩羊皮状的土地是坦荡直接的
径直让伟大的水流进入
然后又不拖泥带水地离去
那些突兀在河岸边的石嘴子
正是一块土地送给大河的告别话语
简单诚挚
无语　却是千言万语

滩羊皮状的土地在我们脚下
繁衍了岁月　抟造了我们的身躯

千万年地走过后

我们有泪有血有沉甸甸的故事

它的故事却是从不言说

只有稳健的托举

它会用自己的深情揉搓

揉出春风中拙嫩的春意

夏天的月光下

它也有幽默的不安分守己

用最坚韧的草　　用自己的俏皮

在无边的稻田中摇起跳月的金色鲤鱼

冬天我们不出门

我们和曾经的岁月未来的日子

都守候在暖暖的屋子里

这滩羊皮状的土地啊

就坐在我们的窗外

久久不动　　充满凝重的沉思

滩羊皮状的土地

春天长麦子

秋天吐雪白的苇絮

实事求是　　从不故弄玄虚

它唱着自己的童谣

一直肥沃　　从不老去

它爱护自己的山峦

喜欢山坡上花朵与杂草的红红绿绿

它也知道自己是枕着水声安眠的
它有最好的梦
做在六月　在潺潺流动的水流里

滩羊皮状的土地啊
自觉而充满睿智
绿草飘香
它知道自己的丰满　毛色艳丽
雪花飘落时
它知道自己需要放松
得有一些冬眠的日子

滩羊皮状的土地
举着大山河流和我们的身躯
波澜起伏地存在着
却从未三心二意
它是认真地和我们生长在一起
看稻麦开花
看岁月静静流逝

凝望贺兰山

给你一个宁夏

贺兰山，位于宁夏与内蒙古交界地带，北起内蒙古乌海市，南至宁夏青铜峡。

不止一代

而是千万代人的凝望

贺兰山

才是我们眼中最尊严的形象

一匹马从遥遥的传说中跑来

横亘天边

阻挡了荒漠风沙的喧嚷

它的耳朵在岁月深处

听得见历史的烽烟与绝响

它的眼睛正长在我们身上

纵目四望

意味深长

在山的坡地

蒙古扁桃骑马而来

和时间共同生长

它们漾溢的浅红色

正是空旷之处最华丽的霞光

针叶松和落叶松

都有着各自矜持的形象
最寒冷的时候　松香溢来
让人品味出独具的佳酿

久久凝望
不止在一种时间
而是在所有的岁月沧桑
风在山石中生长出来
然后又奔向远方
历史啊　历史就是那片云影
飘漾在天上
云在山中化为露珠
一座山便有了自己的滋润
有了岁月无法抹去的包浆

凝望

有心的和无心的凝望

望见那些岩画群有着自己的小动作

有的生殖欲望垂地是一条腿的模样

有的　被浪漫的飘带携着

飞过一座又一座山冈

马在胯下看起来像是肥硕的山羊

人的手中最不安分的

是那根舞蹈一样的长枪

山杏花又睁开了眼睛

贺兰山格外滋润安详

悬挂在山壁上的岩羊

是惊呼也是感叹号

姿态逼真　有着令人瞩目的形象

凝望六月的泉水

听到贺兰山的水调歌头不停吟唱

山中的虫鸣嗓音空旷

一唱　一山高

一唱　便也是天苍苍　野茫茫

等到秋风吹起了鹰笛

贺兰山会坐在自己的洪积扇面上

开始内省打量

静夜中的虫声沉寂了

头顶上的星光宝石一样耀眼辉煌

体内的叮咚一阵阵传来

金属美妙的琴音开始奏响

贺兰山的耳朵来自虚空

听见了光阴的绝唱

一座山的饱满和充实

让它有了更多的自恋和妄想

它想在大雪封山的时候

沿雪中的小径走进一座西夏寺庙

坐在蒲团上

关注自己的内心世界

听所有的根须在千山万壑间

为明年的喷薄准备一些极好的茁壮和锋芒

红绿六盘

扫码看视频

六盘山

沿着自己的山道一直向前

蹒蹒跚跚地走过去

就可以直上云端

那里有一首清平乐鹰一样盘旋

有最好的天高云淡

红的时候应该是夏天

此时的六盘可用诗表达

抒情或纵身呼喊

千呼万应的花朵应声而来

让一座山美得自顾不暇　团团盘旋

野荷花不只是藏在一座山谷

葱郁的山头也并不拒绝一朵马莲

菊花那是留给秋天的

秋日　它们会弄出满山的云烟

最火红的大丽花和美人蕉

生长在人家庭院

这是些缠人的狐狸精

六盘山，盘桓于宁夏回族自治区西南部、甘肃省东部。是中国最年轻的山脉之一。六盘山横贯陕甘宁三省区，既是关中平原的天然屏障，又是北方重要的分水岭，黄河水系的泾河、清水河、葫芦河均发源于此。

离不得一丝人气

且喜弄出销骨蚀魂的浪漫

就是这夏天的六盘啊

一篇元气淋漓的散文美篇

它的中心点正是静默的萧关

无边的绿色山顶翻腾山脚漫卷

萧关经历得太多

看着滚滚人流和时间的纷繁

它只是无语　默默内敛

历史的元素在空气中咆哮

泉水仅流过一座山头

便学会了鸟鸣的弄巧

一波三折，千回百转

红绿六盘的精粹

都集中在结结实实的秋天

红已是此起彼伏

绿也是无边无沿

泾河源的花朵大方示人

葫芦河边啊

葫芦河边的秋色

内涵充实　色彩饱满

红绿六盘

红绿六盘一直拒绝走进冬天

冬雪过于凌厉

只有色彩单调的冰寒

弄哑了一些河流

小溪也是沉默无言

但红红绿绿的日子却一直得到绵延

唢呐中飞出的花草

窗花上绽出的俏艳

一切还是红红绿绿的

还是季节无法干扰的红绿六盘

青铜峡　听青铜的喧哗

青铜不在这里

这里是铜色的古峡

水倒是有青铜的意思

叮咚作响　常常在白天

有着青铜敲打后的音律喧哗

黄河来到这里

它有着面对一块土地平静的惊诧

群山万壑是被它甩在身后的

甩下的　还有万古荒漠的死寂和可怕

水流放缓　在青铜峡

两岸的苇滩

泊着目光痴迷的野鸭

晚霞鸟一样飞过天边

一条渔船被鱼拍打着

拖着安静的渔网驶向艾草飘烟的家

浪已不是喧天巨响

而是一朵朵随风起舞的浪花

古峡啊古峡

青铜峡黄河大峡谷，位于宁夏回族自治区吴忠市青铜峡市青铜峡镇，是黄河上游最后一道峡谷，秦渠、汉渠、唐徕渠等九大干渠之首汇集于青铜峡，灌溉宁夏平原万亩良田。

古峡并无迷雾没有夸大和虚假

古峡让黄河放马过来

感受坦荡舒适　抚摸自己的面颊

青铜峡　青铜峡

青铜峡有手持巨斧的神话

也有黑森黑森的惊吓

但青铜峡却有着从不失去的平实

平实地伸展黄河两岸到天涯

平实地用河水酿出河滩地上香甜的稻花

它的岸柳却是浪漫的

在风中雨中都会飘逸自己的潇洒

青铜峡的地理历史

不是大坝小坝

也不是一弯河水中流来的红霞

活着的或死去的人们

都能说出峡口的故事

和岁月中色彩不减的一百零八塔

说起最好的收成和庄稼

黄河的意义高于一切

仅次于岁月脸上从未干去的泪花

青铜峡将黄河托在手上

然后向着下游轻轻放下

那是他们相濡以沫的水流

在他们的目光中血液中抖动着生生不息的长发

青铜的传说　在这里

俏皮地给人们抹上了一层时间的优雅

黄河轻柔地流过

扫码看视频

一片土地

用自己的平实和舒展

让一条河流过来

宁静　优雅　缓慢

磅礴的大河啊

历经千难万险

在这里却是安睡

梦中听枣花飘落的声音

听鲤鱼在月光下的呢喃

黄河在这里

有几分惺忪　几分慵懒

突然失去了噩梦和挑战

平缓的流动让它受宠若惊

野鸭的迷蒙　流沙的柔软

还有飘飞的苇絮

以及打着瞌睡的红柳滩

伟大的水流得到了温情的安抚

野草的赞美使河边的花朵更加娇艳

黄河静静流过

并不急着一往无前

历经沧桑　在这里却是留恋

恋月光如水　洒在静静的河面

恋波光起伏处

泊着夕阳如丹

最恋那些来自岸边的笑声

憨直爽朗

娇柔性感

特别是在河边上沉思的鱼钩

犹豫不决

心态散淡

一条渔船从无诗意的喧嚣

随风飘着

船上　仰着脸膛黝黑的西北大汉

黄河　轻柔地流过

流过的那天早晨

风景如画　丹霞翻卷

那天的正午

一条金色的鲤鱼跃出水面

那天的傍晚啊

河的两岸飘起了农家风味的炊烟

贺兰山的身影正匆匆赶来

金色的沙滩上

簇拥来了大片肥硕的马莲

黄河轻柔地流过

它想最好有那么一点牵绊

让自己的脚步慢下来

更缓　更慢

微笑的枸杞

色彩的浓艳

让我们对一种笑坚信不疑

来自大地的芬芳

通红如宝石

这种笑是坦荡的

坦荡到终极的神秘

我们只是在表面

亲近它的红　亲近一种甜蜜

它是从五月的阳光中走来

成熟的时候

满山遍野　色彩绚丽

它留给我们的刻骨铭心

就是一种笑

微笑的枸杞

来自大地的无忧无虑

它一直是笑着的

虽然有气候严酷

虽有土地贫瘠

但它是打破常规的另类

在最不如意的境遇中

生长聚集

通红的笑中　饱含蜜汁

微笑曼妙的枸杞

有着坚定不移的根系

抓住一片土

或者僵硬的岩石缝隙

它就留存壮大自己

先是亮如灯灿的果实

然后是如霞的风景

不亢不卑地　弥布大地

枣红映照大地

大地涌出的霞光
在枝头轰然作响
枣红映照大地
河流听到了色彩的欢唱

这是枣熟的秋天
枣在所有的高度炫美自己的辉煌
圆枣的浑圆有着可爱的狡黠
长枣的长度有点自矜　不再躲躲藏藏
风从枣林穿过
枣红染红了它们的铃铛
几颗熟枣落在地上
并不打算掩饰成熟带来的惊喜和张扬

这些枣红准备得很早
在春风弄暖的日子
它们就开始了甘甜的酝酿
整个炎热的季节　它们却在沉默
默默地吞下苦水河的苦水和季节的波荡

历程曲折

不是一路凯歌脚步铿锵

而是历经生命的蜕变

从青涩到苦涩再迈入芬芳

哪怕是一颗枣的生长

也有惊心动魄的崎岖和无法料想

枣红映照大地的时候

枣总拂不去自己淡淡的惆怅

枣知道自己的坚强

枣自豪于在贫瘠的土地上生长

枣在无雨的日子向干旱挑战

枣被一群蛀虫弄出了创伤

枣流下过太多的眼泪

心中　才有甘甜轻轻流淌

枣红映照大地
枣再一次没有使土地失望
火红的枣香柔柔淡淡
并不需要太多的喧闹和张狂

柳笛声声

这是一种平铺直叙
从温暖开始到土地酥润

柳枝泛青
柳笛响了
急不可耐　行色匆匆

岁月的约定俗成
柳笛声声
柳笛不响　河面上总有化不尽的浮冰
枝头的喜鹊
懒懒散散　有些失魂
春天的故事无法讲起
也无法讲清

柳笛响着
慢慢地变成鸟声
鸟声布满天空

大地上的花才会开
开得不约而同

柳笛吹动的一个角落
是不是梦醒时分
梦境的黏稠羁绊着多少耳朵
多少迷茫的耳朵想回童年
再听听单纯稚嫩的柳笛声

柳笛响着
它是一块土地的根魂
苦涩在它的呜咽中

欢乐在它的跳跃中
它的舒缓正是庄稼种下种子启程
一方又一方水塘的眼皮跳着
渐渐露出花朵的眼神

啊　不曾有柳笛的日子
真的说不上完整
没有吹过柳笛的嘴唇
形不成最美妙的声音
岁月也是有自己的童年的
那些青翠的柳笛声
哪一腔
不是时间解冻
暖风飘来　直达人心

五月 花香袭人

我们的鼻子和心灵
早已储满了一种温馨
这是五月的沙枣花香
花香袭人

这淡黄色的香味儿
有着自己巨大的方阵
它们先是埋伏着的
埋伏在三月的早春
集团冲锋而来是在五月
浓香飘飘扬扬
让人在西部的土地上阵阵微醺

有理由承认
这花有着自己的秘方和灵敏
特别是在暗夜
在那阵拂面而来的柔风
它的撩拨隐隐约约
却又坦荡纯真

从不夹裹

只有一片香魂

仿佛是一袭柔美的花裙

从我们的心上闪过

然后　花香袭人

此时　广大的田野

碧绿而农耕

不曾丢弃的蛙鸣清脆地响起

月亮在水中

漾动着自己处女般的面容

花香袭人

每一颗花朵都是自己的明灯

它不是绚烂的

不大呼小叫　也不花色迷人

它有些羞怯

在静夜　在黄昏

踮脚走来

步履清新

它的脚踝隐约一闪

我们醉了

醉在五月的深韵

伸手够不着的花香啊
却在五月　在我们的头顶
它的喷吐也是坚定不移的
每年准时而至
弥漫在季节
在岁月的深层

应约而至的日子总在五月
那时　有哗哗作响的风景
沙枣花敞开了金黄的钟声
我们感受到了花香
也听到了花开的声音

最是马莲花开时

它们是没有选择的
无法选择自己的风和日丽
和丰沛的雨季
西部的土地干燥地躺在那里
仿佛一种嘲讽和讥刺

马莲花长出来了
就从第一缕春风开始
它将自己酝酿得很充分
特别是坚实的根系
剑一样昂首向天
形象中有抹不掉的气势

马莲开花的时候
西部很安静
刚刚下过一场透雨
纯净的天空在黄河边游荡

马莲花的绽放声　听来

更像是一阵爽直的自言自语

滚滚而至的绿风

在马莲旁是一种奇迹

马莲的蓝色梦幻有惊心动魄的美

夜深的时候　会奏响自己的小夜曲

马莲花开　一条大河安睡

正悄无声息

水流砥岸

将岸边的花朵轻轻打湿

马莲啊　与一条大河

激情互动　相互默契

大河在模糊的梦境中翻滚着

决然离去

而马莲花迎风开着

站立在坚实的大地

它知道　自己属于这里

马莲花啊

马莲花有着足够的浪漫和勇气

袅娜过歌唱过后

它会迎着最后的寒风而去

然后　去打探第一缕春风的消息

金川　银川　米粮川

张扬金色的山川

最应该是在秋天

枝枝叶叶都黄了

金色　漫进了人们的双眼

金色的秋风漫步在田间

瓜果的金光灿烂啊

也有羞红　格外烂漫

金色的树叶飘着

随风盘旋

山川大地都听到了秘韵

啊　那花儿中柔情的妙曼

金色是从收获的稻麦中起身的

在阳光中肆意渲染

银川啊银川　是对土地

以及一条大河的赞叹

千里苇絮飘荡

大地银光闪闪

迷蒙的风景

秦渠、汉渠、唐徕渠……水源
充足的引黄灌溉。勤劳勇敢的
宁夏人民，成就了一片丰饶的
米粮川。

一直弥漫在清凉的水边

土地的丰美并不需要夸大

从种下一粒种子

到镰刀收获后的自满

银色潜伏在大地中

沸腾在远山

银川已不是某个固定的地点

而是一种皎洁的心态

在一块土地上

自觉坦露　扣人心弦

米粮早已在大地上迎风招展

那是季节中的夏天

夏天淹没不了的是虫声

还有月亮在水面上的浑圆

庄稼的喧闹大呼小叫

一阵芬芳腾起

直接掀动人们的美感

啊　金川　银川　米粮川

金川银川已不是比喻

而是实体的展现

米粮也是早已熟透了芒尖

滚滚绿风翻卷而过

金在这里　银在这里

米粮闪眼一笑

又早是一个年景丰满的秋天

平原啊　宁夏平原

扫码看视频

给你一个
宁夏

宁夏平原，位于宁夏中部黄河
两岸，面积1.7万平方公里。是
黄河的自流灌溉区。

一条大河与两座高山
来到这里　伸出臂弯
河流的滋润舒缓平静
山　则是执拗的沉默者
阻挡着荒漠的嚣叫和进犯
平原啊　我们的宁夏平原
肥厚的土质堆砌着
坚定铺展
稻麦的香味伸手可捉
许多鱼塘　总是在秋天
鱼虾翻卷

曾经的日子和未来的日子
从未有过决裂和割断
岁月将辙印留在大地时
大地的子孙会在以后的日子泪光满眼
思绪万千
平原上　无数的苦菜花和它们的灯盏
驱除了生存的艰难

哪怕是在绝望的白骨边
也有苦涩的沉默和韧性
有它们无声的呐喊

我们是走在一块平原
它的土质沉稳松软
它生长的五谷迎风摇曳
创造了大面积的风景和灿烂
时间在它这里来来去去
它的人物风采　正是庄严的镜头切换
一些脸逝去了
一些脸成长着　年轻　新鲜

平原的托举
扎实而从无惊险
它手上的河流
轻柔如歌　绝少泛滥
它的高山
深沉坚定　从不崩断
一片枣红啊
又是秋天
平原上秋天的风是暖的
正如撩人肌肤的柔丝绸缎
它拖着我们走路时
絮絮叨叨　母亲一般

用它的花香叮咛
用它的苇絮留言
它的心愿只有一个　一个心愿
让岁月中走过的脚印
爽直稳健
永不走偏

我们世故的老人啊
我们的宁夏平原
从创造历史的那一刻
它就在创造我们的明天
它的赞歌很少
正是父亲弯下的腰身　沉默无言
它的期望一定很多
愿风平浪静
千年平安

我们都是带着哭声出生

然后成长在这块平原

死去的人们

又睡进了平原

并未走远

平原上的水流声有自己沉郁的琴弦

高山啊　从不懈怠

抚育自己的树和山杏花

年年盛开　花色烂漫

平原啊　宁夏平原

从生长的那一天

它就为我们做了伟大的铺垫

让我们的留下和走过

都心安理得　没有疲倦

突出的石嘴子

像是一种眺望
望最肥的那条黄河鲤鱼化龙
飞在天上
望见岁月在黄河岸边变成了鱼钩
紧紧地咬在古老的黄河波浪
对面的毛乌素听起来沙雾腾腾
却有最韧性的红柳树长在身旁

石嘴子，位于宁夏石嘴山市惠农区的黄河岸边，因山石突出如嘴而得名。石嘴子位于黄河即将流入内蒙古的地方。

望啊

太阳初升　首先投过来血色阳光

夕阳西下　晚风轻拂在石嘴子上

也像是一种吐诉

突出的嘴想倾吐千万年的情肠

人生故事太多

来来往往

一条河的翻卷却那样平平常常

三十年河东四十年河西

一些东西会老得失去旧时模样

但不老的是这突出如嘴

是它倔强的形象

曾经的岁月时光

古老的河流呻吟着走来

与更加古老的山石碰撞

尖峭的石嘴子傲立在岸边

或倾听或凝想

注视着脚下的河流

倾着沉思的目光

人世代谢

岁月苍茫

在这石嘴子啊

黄河钻出红柳丛轻轻流淌

脑袋已入荒漠

尾巴尚在远方

肥硕宽大的镜面

搂着怀中通红如宝石的太阳

在这里

渔火和渔船已遁入苍茫

构不成更加诗意的意象

这里的风弄苇絮

也算不得别有韵味的文章

这里突出如嘴的石头　却提纲挈领

河流驯服　野花恣意开放

石嘴子

黄河流出宁夏的地方

它的故事在西部算不得气宇轩昂

它却是努着嘴的

一种激情的矗立注定是不俗的

还有它高贵的历经沧桑

摇荡的红柳

黄河来到这里
或许仅仅一年
这些红柳便相伴而至
挺立在辽阔的河滩
春天的河滩松松软软
这些红柳
用自己的根系吮吸着黄河的温暖
在长成翠绿的风景时
我们知道　这是最饱满的夏天

其他的季节在我们的眼中
会是一闪而过的瞬间
但秋天啊　秋天
秋天的红柳摇荡着
在河边
我们开始更加严肃
严肃地盯注这片红色的浪漫
清嫩的岁月和它的颜色
带给人一些欢颜

但这是成熟啊
一片红柳从暴雨和狂风中
走来　挺立在一种圆满
它的过程和沉思
是最真实的年轮
伫立在大河两岸

按照季节的叙述
谁能忽视红柳的冬天
冬天的红柳滩
一群老渔翁无惧严寒
他们是以目光为钓丝的
将一轮夕阳钓在天边
钓在平展的河面

对一条河的讲述
红柳最有资质有发言权
想想那些艰难的日子
一年年　一天天
谁与黄河相拥
谁将自己的晨妆暮影
投送在一条大河的浪花间

摇荡的红柳啊
摇荡着自己的发辫

坚韧不拔的颜色与站立

都是一种雄性和饱满

不是随风起伏的草

也不是一群花朵的散漫

执着成为了唯一的性格

笨拙的静默啊　简单

简单到不随波逐流

只用自己温暖的拥围

与大河相伴

啊　摇曳的红柳

年轻时看到那种红

我们觉得不够耀眼

到老时看它

才知　它是靠一种韵致活着

而不是炫目的新鲜

骚动的珍宝

珍宝簇拥着我们的时候
我们的心态曾经浮皮潦草

那些高山仰卧在那里
不曾起伏　不曾刻意炫耀
土地沉默
有时沉默得令人心焦
河流年复一年地流动
缺乏惊奇　陈旧老套
连季节中盛开的花朵啊
看起来　也是乏力的闲花野草

但这是我们生存的地方
它的平凡中却有着珍贵奇妙
它的每一个角落
都骚动着令人炫目的珍宝
大山的体内
金属元素激情而活跃
煤的黑色幽默蔓延开去

给你一个宁夏

会让苍穹中的山鹰忍不住抖动发笑
铁的形象柔中有刚
随时准备为了更大的坚挺而倾情燃烧
那些铜并不理睬五光十色的外部世界
只是青铜时雪亮　黄铜时柔蜜崇高
做红铜的那一刻
它并不拒绝花朵的色泽妖娆

无边无尽的元素
在蓝色的大山中深情拥抱
它们的高贵足以让世界睁大眼睛
并由衷地惊叹跳跃

看看我们的土地吧
秋天　它茁壮出全部金黄的水稻
金色覆遍原野
蛙鸣成熟　虫草安好
这里不讲夏天的故事是因为夏天结实饱满
有自己不可替代的独到
它的静夜　好风吹过
芬芳　音乐一样轻轻笼罩

流过土地的河流
水量丰沛　却从不咆哮
在到达每一棵根茎的时候

都温情　从不笨手笨脚

这里的花朵和野草

有着更多的坚韧和心性牢靠

它们的身姿

承受了许多狂风的蹂躏和呼啸

骚动的珍宝

骚动的珍宝一直伴着我们

不离分秒

期待着一种成熟

和理解拥抱

啊　我们成熟的时候

就是让自己融入这些珍宝

成为一块土地无法忘记的千年美好

硅化木　来自岁月深处

和一座大山生长在一起

它有玉的颜质

时间飞一样飘过去

从岁月深处走来

它留在这里

它知道远古的那些水

那时　它的柔枝

曾伸向水中嬉戏

野草在它脚下喧哗

嬉闹不止

它伸出的手

一直想抚摸那轮红日

水湄边的日子有着恍惚的想象记忆

想象时光中走来一个风韵女子

迎风待月

形象神秘

记得离去的脚步声

让一棵树成为了心事

硅化木，又称木化石、树化石，是几百万年前的树木被迅速埋入地下后，被地下水中的二氧化硅等替换了原来的木质，经过石化作用形成了树木化石。宁夏大武口武当庙北侧小渠子沟采石场发现硅化木化石。专家推测，该树原长40米以上，为2亿年前的树木化石。

那些心事是树中的年轮

年年　都会泛起开花的故事

大山中的世界

往往并不为外人所知

花仙子们会梳妆打扮

争奇斗艳　摆弄裙裾

小狐狸定期相聚在一起

讨论山外的秋天

评点各自的尾巴和毛皮

狼在一座山头来回走动

它们只是用嚎叫

撕扯大山中的静寂

大山中的硅化木

在岁月深处　默然无语

是一棵树的时候　它说得太多

说湖水碧蓝

说土地辽阔宽大无比

说一群鸟飞过天空

嘴里衔着洁白的云絮

水涨水落

岁月不过是些记住的故事或记不住的流逝

自己只是随一座山悄悄隆起

然后失去了许多水声

和水面上的波光涟漪

一段硅化木

搁浅在岁月里

身上所有的纹理

都是一声沧海桑田的叹息

久远的灵武龙

那时　它们饱足后
肆意地游荡在大地
长长的脖子上挂着彩虹
脚下是泉水的细语
大地的丰茂养育了一种庞大
庞大的灵武龙目光犀利
看到西边的夕阳
正干净地沉进大地
泉水依旧咕嘟嘟响着
一阵草香飘来
浸进了它们的梦境里

那时候
它们都觉得自我高大　很具实力
远处高大的山架常常让它们凝视
它们的脚掌踩在大地
大地的温暖阵阵涌来
弥漫在它们的骨骼缝隙
它们的舌头在暗夜中伸出来

灵武龙，因宁夏灵武市磁窑堡出
土恐龙化石而命名。研究者判
定，这些恐龙生存于侏罗纪，距
今已有1.7亿—1.6亿年时间。

试图吮吸星光的甜蜜

星光却是灿烂地撒满天空

让它们愈益心醉神迷

庞大的灵武龙行走着

感觉到时间轻柔纤细

河边吹来的风一直爽直

让它们的皮肤和脸颊舒适无比

它们的脑容量不支持它们想更多的问题

只要听到水声

嗅到草香的细腻

它们便觉得世界安好

应该天天如此

后来的日子

灵武龙神秘消失

在我们没有看到时

消失了自己的踪迹

稀疏的绿草无法满足肠胃所需

它们一个一个倒下了

骨骼沉落进土地

大地上的虫声蜂拥而至

淹没了时间仅存的记忆

灵武龙曾经庞大过

或许巨大无比

它们的足音也曾铿锵有力

它们旁若无人地行走过后

沉进了一种无奈无助的生命悲剧

西河桥古生物化石

岁月的漫长

让我们对人生的短暂

产生阵阵忧伤

古生物化石睡在土地中的年月

大地　早已几经沧桑

奔跑的人群风一样融化了

历史中的情节相互搓揉

充满了令人沉思的悲怆

那些古生物

头颅巨大　牙齿硕壮

一座古森林仿佛不够它们的吞噬

它们伸伸懒腰

即会将脚下的泉水饮光

但岁月偏是那样丰茂

枝叶婆娑　绿色荡漾

岁月用自己的从容不迫

为它们提供了悠长的漫步和俯仰

他们被叫作恐龙　叫作犀牛

西河桥古生物化石遗址，位于宁夏石嘴山市惠农区。古生物化石是人类史前地质历史时期形成并赋存于地层中的生物遗体和活动遗迹，是宝贵的不可再生自然遗产。

在时间中变幻着形象

不变的是一代又一代的胃

尽情吞噬　隆隆作响

想想应该是大自然的悲剧降临

山风撕裂了这片山岗

隆起的坡地慢慢沙化

不再放纵食草动物的庞大和夸张

水流也渐渐退入岁月

让肥大的蹄印

日渐消瘦　显出了一些失望

一片土地开始收拾残局

掩埋了巨大的牙齿和他们的疯狂

古生物们消失了

我们难免有人的惆怅

生命的进化和延续

却依然停留在一片山冈

绿色再一次从人的目光中出发

从柔韧到弄出巨大的声响

岁月的失去属于曾经

这里最现实的是人的渴望

不沉溺于曾经的故事

在生长化石的地方

建立起人永远不倒的辉煌

沧桑四合木

是因为太古老吗
所以才远离繁华富丽
在最贫瘠的沙漠扎根
用亿万年前的灯盏
照亮今天的日子

狂风在身边凶猛地吹起
岁月历经打磨
已有些粗粝
但这开在夏天的花朵
粉红或浅白　总透着自己抹不去的韵致
老去的时间早已无有踪迹
只这一蓬蓬的油绿与世无争地长着
表达自己顽强的生命力
哪怕是亘古不变的寒冷吧
也无法灭绝充满希望的根须
来年春天
沙海中　又会竖起
绿色的旗帜

四合木是我国特有的、最具代表性的古老残遗濒危珍稀植物之一，因其稀有也被誉为植物界的"活化石""大熊猫"。在世界范围内零星散见于俄罗斯、乌克兰部分地区，全世界目前仅存有1万公顷左右，集中连片生长的四合木仅存于宁夏石嘴山区最北端麻黄沟周围。四合木是一部珍贵的天然史书。

季节的雷同

就是千古不变的日复一日

人间风云

亦不过是来来往往的更替

倔强的四合木这样生长着

不追求高度　拒绝奇迹

单调的色彩和细碎的花朵

并不感到卑微和羞耻

沉醉在深深的秋天

用渐渐成熟的颜色

筑起冬梦的藩篱

四合木的长寿

可以追溯到开天辟地

四合木的坚韧

可以与最强大的耐力相比

四合木活在一片沙滩上

就是向我们明示

活出精彩

并不需要太多炫目和过分索取

临风水洞沟

扫码听诵

临风而听
这里干净得只剩下嘶鸣的秋蝉
最后那批离去的古人
早已走得很远很远
我们只是谛听者
听到那堆篝火熄灭于清晨后
我们的祖先　渐渐走远

他们是豪迈地离去的
并没有我们想象的那种伤感
尽管这里曾养育了肥厚的文明
尽管土里埋着逝去的祖先

水洞沟遗址，位于灵武市临河镇水洞沟村，是旧石器时代晚期原始人的发祥地。由于沿河有泉水溢出，形成许多小洞，故称"水洞沟"。这里保持了古朴的雅丹地貌。

走出这里原本是他们的一个伟大心愿

虽然赶上了季节变化

虽然浸来了彻骨的冰寒

他们走了

没有犹豫

只有坚定的果敢

大地以四面八方的模样呈现给他们

他们的目光感受到了遥远的呼唤

走向东方的一股人流

那天　听到了太阳的呢喃

太阳暖暖地牵引着

他们日复一日地走

走到了蓝色的大海边

大海的波浪再一次唤醒了他们的欲望

他们冲向大海

牵着重新凿刻的木船

走向西边的一群人啊

直接走进了蓝色的群山

大山阻隔了那些野风

他们戴着兽皮帽子

生活　创造

开始了生命的繁衍

为了感谢阳光和它的灿烂

他们爬上高处

将太阳神的形象刻在了山巅

北上的人们

耐力十足地走上蒙古高原

奶香和牧歌哺育着他们

他们融进了茫茫草原

风中　挥着呼啸的套马杆

向南的一群人　向南
翻过了无数苍翠的山
辽阔的土地充满韧性
庄稼　在原野上迎风招展
走过的风景愈益壮美
他们的脚步年轻漂亮
在大地上留下了说不尽的庄严

啊　临风
听一座遗址的浪漫
一座遗址没有离去
正是为了未来的时间
这里总是要说故事的
说日渐生长强壮的人类
说骤然而至的风寒
说到那些四散而去的先人
一座遗址　只是含笑
不屑多言

古埙呜咽

一块土地也在寻找

寻找一种声音

这声音代表土地发出声腔

悲壮而充满深韵

啊　古埙

古埙来了　沉郁深沉

是我们最正确的表达

扎实　充满深情

这埙声是西北荒原的野风

在无人理睬的沙漠

独步　背影沉重

它的走来不是为了讨人欢喜
而是展示一种力量以及野性
它抚摸过荒漠
和冬天枯死的草根
这埙声的颜色是土色偏黄
具有着西部的历史内蕴
它使人们从艰难处站起来
行走　不轻浮　不沉闷
依旧是毛发飞扬
音符飞迸

这埙声啊
这埙声来自本地的水声
刚健　棱角分明
它的前行并不莽撞
不是横撞直冲
回环九曲的时候正像一条河
像黄河在这里秧歌般地扭动

埙啊　这是一种埙
是我们土地上的黄土烧制而成
它在曾经的岁月唱过　呜呜咽咽
糅和着先祖的哭声和笑声
许多历史就是它吹出来的
严肃而并不冰冷
它所处的位置是在古城墙

在夕阳西下的黄昏
仅仅一缕秋风就会吹出它的愁容
它会泪流满面
它会告诉我们曾经历的许多事情

一枚古埙在响
在曾经的岁月中
它是我们的爷爷或父亲
岁月太沉重了
他们的述说也无法轻巧
无法柔曼　轻松

鸽子山遗址　你的鸽子在哪里

鸽子山遗址，位于宁夏青铜峡市，贺兰山前鸽子山盆地东缘。此遗址是一处旧石器时代末期向新石器时代过渡的古人类文化遗址，距今1.27万—0.8万年，是宁夏境内能够确认的中石器时代遗址之一。

那些放鸽子的人

并不知道自己在中石器时期

他们只知道那些晚霞很红

鸽子也是在天空自由地飞来飞去

黄河平静地流过

像一声粗重的叹息

土地上的庄稼又熟了

芳香　不停地撩拨着人的鼻翼

叫不叫鸽子山

那是后人的事

他们放鸽子的时候会很早

就在人们称谓的中石器时期

一些骨制的或石制的针头线脑

随时间沉进了大地

鸽子们来去几回

人间便已恍惚几许

岸边的鱼钩睡着了

并没有钓着自己的金色鲤鱼

苍苍垂柳在一阵风后

悄悄死去

草虫的叫声已不是去年的滋味

草却是骄傲的

知道自己这一茬的新绿

来自去年安眠的根须

鸽子山啊

你的鸽子在哪里

那划过天边的翅膀

可否是曾经失去的日子

晚风中归巢的鸽子

可否记得昨天的故事

时间的迷茫会模糊许多往事

但唯有这山　腰背挺直

有鸽子飞过

不停地唤醒我们的记忆

菜园子遗址

菜园子的先人们

越过清水河　葫芦河

和那些高高的山脊

赶过热闹非凡的大集

他们的吆喝声悲怆绵长

在空气中久久不肯散去

他们归来后

慢慢地躺进了大地

那些陶制生活用品随着他们

在土地中沉默不语

吹过土地的山风

形象匆匆　悄然离去

他们制造的双耳壶

却一直沐浴在阳光里

那枚埋在地下的纺轮啊

也有着自己的心事

曾经的日子被一双双精巧的手

纺成了原始精美的线丝

菜园子遗址，位于宁夏海原县西安镇菜园村南山梁坡地，因村前有数眼泉水（暗河）涌出，汇成"菜园河"而得名。距今5000年，属新石器晚期文化遗存，是古人类生息繁衍、生产劳动的场所和墓葬地。

久远的岁月
丝丝线线都在遮风挡雨
走出去走回来的脚步
都有着一枚纺轮不动声色的关照
和望穿双眼的寄寓

叫一个地方为菜园子
那是后来的事
那时这里风调雨顺
绿色的漫延　无边无际
所有的蔬菜都在嚣叫
感谢阳光的给予

但这遗址啊　菜园子遗址
一直安静在自己的高贵层次
它知道自己不会被收藏
不会被卖出更多的神秘
它知道自己属于沧桑
属于一个渐渐堆砌并掩埋起来的日子

页河子

一朵花站在这里

盛开在新石器时期

脚下的葫芦河悄悄流过

秋天的时候

她会躲进大山

为来年的春天　准备一件新衣

她是照着一件陶器的模样盛开的

黄色或橘红

最是让她欢喜

她觉得远古的彩陶也无非这样

形象可人

亭亭玉立

页河子的春天到了

大山中　充满了水流的絮语

这朵花受到过分刺激

开始迷茫　梦回前世

她知道自己

页河子遗址，新石器时代遗址，位于宁夏隆德县。4000年前，生活在页河子的先民们以原始石器为工具，他们垦荒，培育了农作物粟、稷，创造了辉煌的史前农业农耕文化。

曾是一位应约而至的女子
一个少年约她
来相会于葫芦河边的水声里
负约的少年不见踪迹
她却爱上了这里的景致
每年　都如期开放在春风里

页河子的天空
飘满彩色的云絮
时间一直在山头飘来飞去
雪落在页河子
土地中的文明碎片
知道秋天也已离去
河流不再唱歌
最完整的那件陶器
皮肤上酝酿出了奇妙的花季

那朵无名的花
一直开在那里
一直　不离不弃

款款流来的葫芦河

何需看全貌和体型
只听这水声

葫芦河，发源于宁夏西吉县与海原县交界处的月亮山，是西吉县重要的水域资源。因河床狭窄曲折，形成许多形似葫芦的地貌而得名。

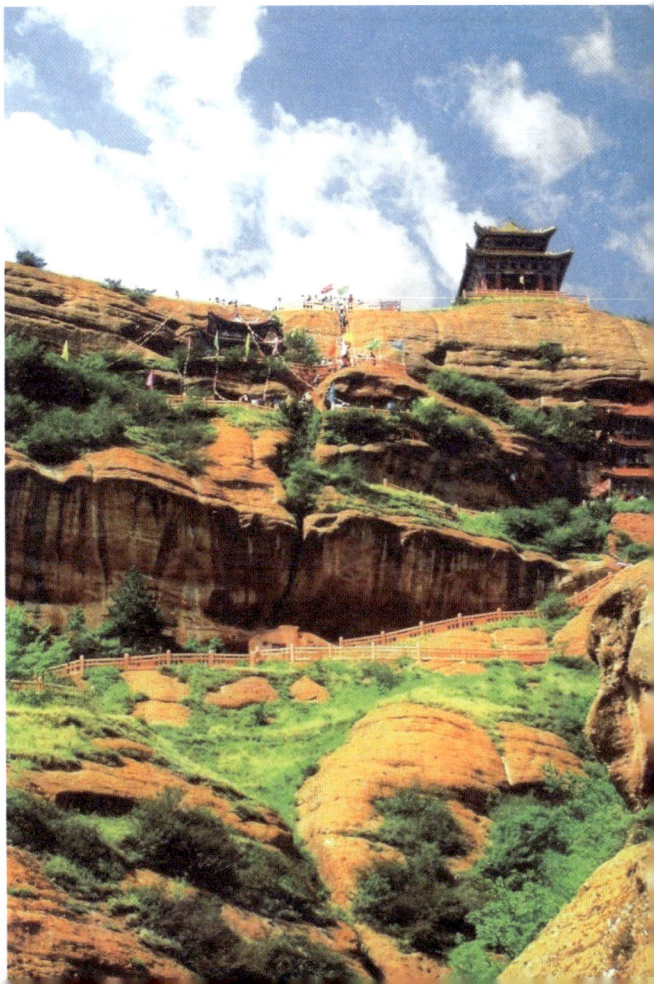

就知你是款款流来的

柔软而轻盈

历史的岁月就在岸边杂草中

你随便拈起一朵花

都使时间风姿妖娆　风韵万重

来时的路　夕阳苍茫

山色有无中

山道崎岖　有阵阵野风

你的浇灌和哺育

是温润的　安详平静

许多儿女的生长　低调沉稳

走出山外

他们　却都是响亮的洪钟

卧在你夏夜的虫声中

听时光的脚步匆匆

听到虫鸟受你的熏染

在一座大山中的吟诵

音韵宽广　叠叠重重

吻着你双颊红艳的花朵

可以嗅到土地不灭的温馨

你的流动原来就是岁月本身

并不借助比喻或象征

你让自己的走动

成为了人类繁衍不可缺失瞬间的伟大必要性

你是款款的

从不急急匆匆

和一些山石生存在一起

你有许多山魂的成分

那是不折不弯的执着

是处变不乱的稳重

哪怕是千年不遇的地动山摇

你也是水声依旧　绝不紊乱自己的水声

款款流动的葫芦河

我们听惯了你的方言杂音

你很西吉　很隆德　很固原地说着

目光柔和　鼻音浓重

你的百回千转使所有的花儿

都回肠荡气　柔情万种

不说你的形状

你的模样何止一种

在山言山

你是山中的鸟儿藏在草丛

出山不忘山啊

你是那种一步三回头的

恋恋不舍的回顾眼神

火石寨　那醉人的红韵

秋天的风景

一直暖人

来火石寨这里

迎面撞上红韵

这红韵是酿了千万年的酒

漫进谁的眼眼

都是不由分说的醉人

醉在火石寨

人在暖红的氛围中

目光澄明

周遭的翠绿挂在群山中

火石寨很跳

跳出大众色

独具蓬勃的风韵

坐在火石寨的是谁

是一束目光还是一缕声音

看到温暖的颜色那是有福的

火石寨，位于宁夏西吉县境内，是国家地质（森林）公园。火石寨为丹霞地貌，因其山体岩石（砂岩）呈暗红色，在草、树的映衬下，如同燃烧的火焰，故而得名。

听到拂臂而到的秋风
谁的心都会荡漾
绝不会无动于衷

火石寨的红韵
好像被谁的激情燃烧过
或者是被秋风浸染全身
成熟稳健的色彩
独立　而不与庸色混同
知道冬天是会记恨自己的
记恨自己傲然的火红
但那种站立却是没商量的
不妥协　永不躲闪随众

摇旗呐喊在岁月中
摇旗的是红色
呐喊　也是在那一片红色中

火石寨的红韵
应该是一座山和谁争吵过
弄得满脸满身通红
最正确的解释应该是它为了美学
争自己饱满的观点与红色共鸣
争卓然独立时的高贵
和无法击溃的红

关于朔方

可以不去纠结它的地理位置

朔方是一片秋风吹着

草在风中起伏不已

马无忌地跑着

跑累了无数的战马

朔方依旧广阔无比

野山永远在远方

野花　颜色浓郁

浸染着沸腾的马蹄

朔方，北方之意。地域大致为
内蒙古南部和宁夏一带。

也可以不去纠结它出现的日子

那时　战争与野心

层层叠起

平坦辽阔的大地

无奈地堆起了城池

朔方城在烽火中骤然站立

有别人的期望

也有自己寒夜中的惊惧

星光亮在夏夜的天空

朔方城茫然四顾
只看到草色搅动在夜色里
像一个黑色幽默　更像一个鬼魂在讲着故事
冬天孤独的朔方城抚摸自己
摸到的是时间的冰冷
和令自己生疑的砖石

啊　其实
其实这是后来的事
此时的朔方野草疯长
河流们百无聊赖也无禁忌
它们流过的地方鲤鱼腾起
它们是随着鱼的眼色壮大自己

啊　关于朔方
可以理解成一片野性十足
目中无人的土地

风中的乌氏戎

讲他们的故事
并不是太多
他们跑得迅急
我们只看到
牧马的缰绳在风中轻轻哆嗦

他们的背影
比我们宽阔
背负着历史和一些传说
他们的肩膀更加有力
扛起的岁月
粗粝而令人难以捉摸

他们跑着
跑在千年的风中
目光闪闪灼灼
胯下的马仰天嘶鸣
迎风的箭
飞过面前颤抖的小河

乌氏戎，古代中华民族分支，西戎之一，也是生活在六盘山境内的较早的戎族。

他们脸颊上涂抹着野花的颜色

皮质的箭袖和裹腿

一直朝气蓬勃

乌氏戎是一群人

或一个广大的部落

他们是与草原有关联的

还有牛羊和骆驼

饮酒一样是家常便饭

驱除西部的寒冷

他们只用旺盛的篝火

我们的目光紧紧追赶

试图抓住他们的褡裢和瓦罐及历史的脉络

他们却是跑进了最深的岁月

丢下一路马粪和承诺

他们承诺千年后回来

回来　变成最美的故事和传说

朐衍戎

黄河不远

就在他们身边

从黄河的浪花中钻出来

他们的马已跑向天边

河滩上他们纵目西望

望见隐隐约约的群山

走回草原　他们的马早已不见

啊　朐衍戎

一直把天上的星星当作自己的祖先

朐衍戎游游荡荡

享受土地的辽阔和无边

随便采下的野花都能喂饱他们

他们的放纵并不叫作野蛮

抓住一缕风　他们会嗅出大地的味道

马鞭甩出的炸响

让他们自足自满

朐衍戎，春秋战国建立政权，为西戎八国之一。主要活动在宁夏盐池、陕西定边一带。

胸衍戎被称为戎

并不感到十分伤心　没有颜面

有自己的特色　他们十分自满

春耕秋收　土地是他们的根

时间也被他们种在了第一个春天

慢慢地　长成了后来的长枣林和那种灿烂

枣的红色弥布过来

胸衍戎一齐松开了马的缰绳　放下马鞭

跑马的汉子千年演进

丰满了所有的时间

啊　胸衍戎

寻找他们生长的历程

看到的却是憨厚的眉眼

和神情淡定的我们这张敦厚的脸

西风杂草中的秦长城

正是黄昏

刮来西风

杂草在秋风中有气无力

长城的断续　正说明

它有许多吐诉不尽的事情

秦长城在杂草秋风中

仿佛一段搁置的岁月

无人问津

曾经沸腾过咆哮过啊

岁月的舍弃

似乎显得冷酷和无情

我们用一种叫考古的手段

抚摸这段长城

连同环绕着它的杂草秋风

长城并不是静默的

它的每一抔土里

都跃动着呐喊　叹息　抗争

秦长城遗址，位于宁夏固原境内，穿越西吉、原州和彭阳两县一区。

每年从春天开始

先是春风　然后是夏雨　霜晨

还有冬天的寒冷

都会从这古长城上撕扯掉一缕东西

包括杂草的低鸣

情感啊　有时

真的脆弱得令人触目惊心

在这秦长城旁

情感诱惑着我们

想起一些传说风闻

想到最伤心的地方

想起劳作而死的白骨

被铸进了庞大的长城

人的渺小与墙的伟大

对比鲜明

秋风吹过

更加伤神

历史的场景

却有着自己不可动摇的镇静

它的宏大与不由分说的叙述性

充满着强制和人的被动

它的绑架也许由来已久

正是这夕阳中的血色

以及杂草的黯然销魂

我们曾被俘获在大地的脚步

沉重　伤痛

往往会充满血腥

这是长城

是一种意志的外露和象征

艰难地抵御后

我们有了繁衍与和平

有了长久的漫延和生存

在这西部的风中

杂草拥裹着一段秦长城

岁月与风已然同盟

销蚀着长城的体型

但长城倔强地蜿蜒着

象征着一匹不死的战狼

跃跃欲试

不时地嚣叫在杂乱的草丛

静默无言的秦渠

扫码听诵

真的不需要惊天动地的喧哗
只这千年流动
便是无法抹去的伟大
岁月的每一寸都有它的语言
一代又一代人的梦中
它抖着白胡子　笑眯眯地
笑纹开花

它是我们的秦渠
在平原上的行走
青春不老　意气风发
它没有让谁跪拜过
也没有勒索一些赞美的口号和浮夸
它只是流动　浇灌
让它的滋润遍满季节的枝枝杈杈

它给予我们的太多
包括语重心长的拍拍打打
我们身上的血液和水声来自于它

秦渠，位于宁夏平原黄河以东，渠口在青铜峡北，引黄河水向东北流经吴忠市到灵武市。相传因始凿于秦而得名，是为宁夏古代水利的初始。

它让我们嗅到了温润的时候

五月　大地上开满了金色的沙枣花

有时　我们会遗忘

忙着去征战杀伐

无法为它清理杂草　修整坍塌

它却心无旁骛地流着

夏天流一渠晚霞

秋天托扶着顺流而下的野花

即便是最寒冷的冬天

它也在期待冰消雪化

随时为自己的历程

而整装待发

秦渠在流动

流水哗哗

它是自秦而来的老者

与我们不离不弃

和我们共同侍弄着

生长并成熟的岁月和庄稼

贺兰山中啊那些岩画

祖先的话并未说完

哪怕越过千年

他们想说放马的艰辛

想说在湿润的山洞中部落聚议

有些人很沉重　默默无语

他们的心事和话语

都交给了大山

镌刻进岩画里边

一群马被赶着

游走在脚下的草原

马鞭比马肥大

可以听到它的呐喊

马的眼睛吊在空气中

骑马的人啊　比例失调

姿态　却十分浪漫

贺兰山岩画，分布于宁夏贺兰山东麓不同地区。画面艺术造型粗犷淳厚，构图朴实，姿态自然，写实性较强。

有一次会议

好像开得十分散漫

东倒西歪的画刻

并不能聚拢一个中心点

议事的人们仿佛在用目光说话

议题　早已随风飘散

有一团月亮与狼共舞

一条飘带也飘在天边

天边的河流掉在地下

可以听到它的哭喊

三条腿的支撑

代表了先民们的生殖欲望和浪漫

太阳神的帽子啊

带给我们困惑　迷雾翻卷

最笨的那只老虎体型庞大

被困在岩画里边

遥远的呼唤渐行渐远

虎威是个可以被忽视的东西

达到极点　这虎

形象倾斜得有些四蹄朝天

不能说贺兰山岩画只是一则寓言

它的生活场景一直热火朝天

也不说岩画是漫画式的遗言

它那种自顾自的娱乐

绝对具有嬉皮士的自嘲和调侃

岩画丰富得出乎自己所料

有的在山脚而面目庞大

有的　则爬上山巅

用那只长在肩膀上的月亮

生火取暖

贺兰山啊　那些岩画

自己构成自己的乐园

韭菜的香味可以是线条的

春天　完全是一款睁着眼睛的花篮

童话是古人的最爱

第六根指头长在手上

表示　我们有太多的视而不见

太阳神岩画

不是我们的牵强解读

它的头上真的洋溢着阳光

可以推测的是　阳光下

它的目光一定十分明亮

望着什么或遐想什么已不重要

重要的　是独特而闪光的形象

在高高的山头静立千万年

真真实实地历尽沧桑

脚下的一切随风飘散

有时　它的心头

会掠过一点一梦荒唐

它使一座山温暖

因为它有绽放不尽的辉煌

雕刻者的初衷是驱赶

用它　驱赶黑夜的疯狂

毕竟原野上的庄稼需要阳光

离不开阳光的

太阳神岩画是贺兰山岩画中最具代表性的象征和标志。据考，太阳神岩画大约凿刻于新石器时代。

给你一个宁夏

还有那些晃动着肥硕尾巴的牛羊

太阳神的站立

情深意长

生生死死的人生何其短暂

春夏秋冬无非是时间轻轻一晃

但人们渴望温暖的心意却很长很长

有太阳相伴

离家回家的人都认路

不会有徘徊和迷惘

太阳神站立着

以一种岩画的模样

它是人们的自身写照

以及寄寓和理想

人的站立永远是伟大的

人　永远不能失去自己的光芒

大麦地岩画

种大麦的日子
已经很久远很久远
大麦的香味也早已飘散
这里堆积着大面积的岩画
石头和线条　在阳光下
晒出了自己独一无二的美篇

符号并不是不理不睬的
它们从未停止过呼喊
喊山喊水
或许　也喊过孩子们回家吃饭
人过留痕
先祖们的脚坚实而果敢
留在这里说明走过
空处一片地方不种大麦
只让精神的光芒代代相传

这里是坦荡的
无拘无束的心性挂在天边

给你一个宁夏

大麦地岩画位于宁夏中卫市北山深处的一片荒漠，岩画带面积约450平方公里，遗存有史前岩画1万幅以上，堪称世界岩画之最；也是中国唯一的世界级"岩画主要地区"。

重点是自由自在

并不过多留意是否浑圆

男女交媾也没有什么不好意思

是伟大的雄起

为了人类生生不息的繁衍

星星们可以放大自己

它们的美目

也可以比月亮更加抢眼

啊　风啊

风在一根飘带上缠缠绵绵

风舞自己的婀娜

是因为勇敢地挣脱了一切羁绊

大麦地岩画

劳作的人们被夸大成一滴汗

汗水镌刻进石头

可以听到夏夜池塘的呢喃

鸟那些夸张了的翅膀

石刻给蓝天

对于飞翔和驰骋

人类　一直有着最直接的心愿

啊　草原

那片草原在这里是如此简单

三三两两的线条

却表达了复杂和纷繁

还有绿

还有在春风吹拂下的柔软

在大麦地这里

嗅向一片岩画

会嗅到最古老的傍晚

那里有炊烟升起来

先民们的陶罐中　猎物

已炖得很烂很烂

一蓬亮汪汪的柴火下

大麦也是熟了

神圣而金光灿烂

隐入风中的游牧民族

扫码听诵

他们的马

有最好的跑动

在游牧与农耕的边界

跑着　抖动长鬃

他们的身影也是速度的象征

我们在岁月中只是眨了一下眼

他们　早已跑进了历史的风中

隐入风中的游牧民族

有奶香味儿

也有草原的风尘

在贺兰山边出没或在黄河岸边饮马

都充满刚性

他们的弯刀啸风弄月

他们也有愁苦的眼神

大雪冻死了大片草原时

他们的寂寞和绝望

会让手中的二胡泣不成声

游牧民族

曾仰卧山岗沐浴春风

夏天的那场透雨

直接滋润着他们的心

他们的帐篷在秋阳下

安详　宁静

一大桶马奶酒

发酵在最美的时光中

日子被他们天天用来过着

瓷实而轻松

游牧民族

隐入风中

他们的衣响产生了轰鸣

胯下的马蹄渐行渐远

最后　成为了绝望的黑洞

他们是举头望向天边的

望着草原在天边绿着

草香浓郁熏人

血液中的声音阵阵袭来

熟悉而陌生

那是游牧人带着记忆归来

让我们忆起了许多事情

朦胧的北地郡

如果你在深秋往北

穿过早到的寒风

和那些哆嗦着的柿子林

走进清霜之中

有一些马无拘无束地跑着

河流轻松地流动

山的静默和肃穆

给人带来了拂不去的沉重

那么你就到了北地郡

北地郡是朦胧的

空气中微含一些纤尘

绿色在这里见缝插针

很多地方　距离黄沙很近

北地郡在五月

才能彻底甩掉冰冻

虽然它的河流在四月苏醒

虽然残雪开始消融在山顶

北地郡，秦昭襄王三十六年（前271年）灭义渠后所置，为秦初三十六郡之一。东汉时郡治富平县（在今宁夏吴忠市西南），也曾迁至宁夏彭阳县。东汉末年，黄巾起义，边塞不宁，郡治迁至陕西怀德（今陕西富平）。

北地郡

朦胧的北地郡

迟到的春天却有最坚实的花影

夏天的绿色一样严实得密不透风

秋天谁都没有此处繁茂

空气中飘着瓜果的香味儿

鱼塘里蹦着壮硕的鱼群

一天白云是放不尽的牛羊

风中　陶醉着鸟的眼神

北地郡很少清晰过

它的身上

附着了太多的战争烟云

但北地郡是人们最向往的地方

土地宽广肥沃

水流　舒缓平静

蒙恬开边

蒙恬，姬姓，蒙氏，名恬。秦朝时期名将，西北最早的开发者，开发宁夏第一人。

蒙恬开边

花香的马蹄开大道

大道　开一望无际的草原

草原的名字叫匈奴

匈奴的帐篷边飘着晚霞和炊烟

牛皮的地图上河流潺潺

线条的蠕动　就是目光的繁衍

蒙恬开边　荒野开出浪漫

五月的庄稼中星星在绿色地呼喊

蒙恬开边

传说的毛笔开传说

传说　开一帛美艳

美艳的名字叫黄河

黄河舒展漾着猎鱼的羊皮筏船

沉睡的弓箭上鼾声四起

夜色稠密　绵羊产下肥硕的秋天

蒙恬开边　烽燧开出良田

狼迹里长出了花朵

湖水在鱼甲中轻起波澜

蒙恬开边

千万茎麦苗齐擂鼓

百万胸腔的血彼此融洽无间

牛在反刍柳笛声

中原的花草　铺开了千里草原人的羊毛暖毡

乌氏倮的面影

迟到的
是那些水墨丹青
乌氏倮离开后
时间中只留下一个模糊的身影
我们知道他的脸颊是丰满的
有一些舒展的笑纹

倮（约公元前3世纪），秦朝北地郡乌氏县（今宁夏固原南部与甘肃平凉一带）人。属戎族，是当时著名的大牧主兼商人，《史记》称其乌氏倮。

西部的山谷中
奔跑着乌氏倮的羊群　牛群
一条山谷是原始的计量
每一条山谷溢出的
都是秦代富翁富足的眼神

乌氏倮在《史记》中的行走
简单而雾气蒙蒙
他的牛羊都是带着气味的
走出山外　走得很远
留下一路哞哞的叫声

乌氏倮的钱币响着

绝对够得上一种轰鸣

早年间的丝绸之路上

有他肥胖的咳嗽声

回来的时候　他已粘满西域风情

胯下的走马

也有些不堪负重

乌氏倮的面影仅仅是一晃

神秘而朦胧

那些财富却是遮不住的

闪现在他生存的北地郡

北地郡有过乌氏倮后

商贸成为一种行业

有着充分合理的流通

黄昏　追忆浑怀障

选就选这个黄昏

在黄河边　有花香

听草虫叫着

看摇摇欲坠的夕阳

追忆记忆中的浑怀障

想一座军营的生活状态

顺便　理清自己飘散的目光

浑怀障，迄今已知宁夏石嘴山市境内最早的古代建置，是秦代重要的历史文化遗存。秦将蒙恬北逐匈奴，收河南地（今黄河河套西北地区），筑长城，设亭障，御匈奴，在今平罗县陶乐镇（今兵沟汉墓附近）设浑怀障。

或许是一个四边透风的概念

或许只有简单的围墙

竖起来或倒下去

都没有多大动静和声响

历史的起起伏伏都已苍茫

一座泥土夯就的建筑

并不配有凭吊和畅想

但这可是在黄河边

黄河上轻风荡漾

远处的山峦驯服如安详的牛羊

风正止于远处的草尖

沙漠在身后　时时有喘息　却不令人心慌

此刻　浑怀障

便有了被想起的理由

和硬度以及由此引起的忧伤

墓地中埋进的白骨早已随尘

准确的坐落处　也被人们遗忘

但我们可以去任性地猜想

想面对大河的一座堡垒

在时间中警惕百倍　机警远望

它的士兵和弓箭

并不懈怠和放荡

时光的那一头

随时会跑来一群纵横的刀枪

他们和守关的人一样

都有着对家庭的温情

和对和平的渴望

千年的风雨

足够淋塌一座浑怀障

浑怀障啊

也早已变成了流进河流的泥浆

岁月　有时体力不支

无法一一抚慰身边的白骨和思念的衷肠

浑怀障消失了

留下了它的名字和沧桑

我们却是站在黄河边

感受秋风的悲凉

大地被争争抢抢

却是毫发未伤

倒是那些残酷驱赶疯狂劫掠的手

死得不干不净

显出了无法抹去的荒唐

典农城　典农城

典农，故址在今银川市兴庆区掌政镇洼路村一带。银川建城伊始所用旧称，北典农城，名字则来源于西汉时兴建此城的官员官职，又称"吕城"。

典农都尉调走了
或者老死在城中
他身边的村落也改了名字
改张政为掌政
这里只剩下一堆废墟
和秋风的呻吟

草在这个春天开始又绿
它们长在汉时的那个草根
春风从池塘中再一次跃起
看到换了头像的一茬新人
大地啊
大地的沉稳是岁月匆匆
我自岿然不动
屯田守边的往事很少被人提起
提起的　往往是挂在鱼钩上
活蹦乱跳的鲤鱼和它们的神情

整个夏天的草

都在随风摆动

浓郁的风景中

典农城和他的废墟

说着故事

敬着天上的星星

跳进水塘中的野鸭

常常会将一座城的废墟惊醒

醒来的废墟会想起往事

想一座城市艰难起身

先是地基

后是城门

最终的定型又是跑开了

跑向水草丰茂的贺兰山根

典农城啊　有时觉得倒是自己跑偏

只贪了当年的土地肥沃

河水滋润

冬天快到了

冰雪又要来敲典农城

树叶纷纷落下

典农城感到很冷很冷

西望一城灯火温暖

璀璨通明

典农城知道那是自己的壮大和延伸

选择广大是人的天性

一座废墟留给昨天

否则　离去的古人回访

会找不到回家的门

张家场的那片汉城遗址

风是不用考证的

可以猜想它的嗓音和形体

与千年前一样　千篇一律

但岁月和这遗址

却可以推论或对比

黄土色的遗址

千年前一定是一种葱绿

而且赶集的人们

川流不息

杂色人等说着自己的话语

农耕与游牧

都不约而同地来到这里

牛羊喷着鼻息

姜葱的味道新鲜刺激

芹菜在最显眼处肥肥实实

秋天的大白菜　有着自己的心事

张家场古城，位于宁夏回族自治区盐池县。据考，古城应为西汉时期所置的朐衍县城址。

张家场在那时

还不是遗址

它有着强烈的时代气息

一团马粪热气腾腾

垂挂的猪肉

价格便宜

猎物们依次摆开

迎风晃动的

是那些柔软的毛皮

张家场聚集的人们

都有一桩心事

十里路上走来

无非是为了走到一起

少数民族从未有那么多身份差异

来张家场

多的是寻找乐子

货物售出

皆大欢喜

一件卖不出去

那也是无伤大局

一碗羊杂汤

总能让人提劲鼓气

来张家场走动

本身　就是不可替代的美事

日子是用来过的
谁计较那么多的亏欠盈虚

张家场的那座遗址
有着时间的颜色
和岁月的根底
鲜活生动的脚步杂沓而过
颤动的生命力
从汉代一直传达到今天
在这里

给你一个宁夏

关马湖　是关于马的湖吗

关于一匹马

或者这里关着一群马

对一面湖水影响都不大

这里有着西部独有的特色

挺挺蒲苇下

会游来一群呷呷叫着的野鸭

晚霞也是会游来的

还有见惯风尘的青蛙

关马湖，位于宁夏吴忠市。

关于马　可以是一说

那马　在晨风中渐渐长大

它的膘也是秋天最肥

会颤出最好的腰胯

一群马嗒嗒跑过

历史岁月　扬尘

往往令人眼花

关马湖的夏天啊

已没有太大的水洼

水被一群马带走后
这里　徘徊着一片闲适的野花
关于马的事情很少有人说起
人们更多的是想曾经的一片湖
和湖上雨季的喧哗

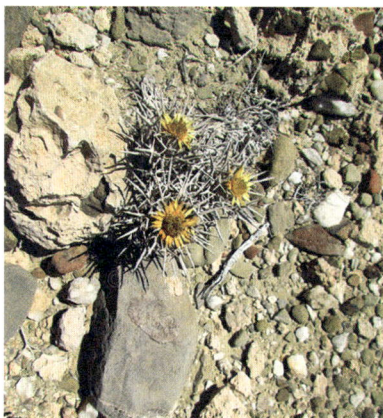

一只彩陶长颈瓶在隆德

彩陶长颈瓶生长的岁月

彩色有些疯狂

山中的草也恰逢润雨

绿了山冈

那朵野花很羞怯

爬上彩陶　俏模俏样

彩陶瓶的脖子有点长

是因曾经不息的张望

望过一山又一山后

彩陶瓶也能听见世界在山外嚣响

河流温暖得像条舌头

舔舐着彩陶瓶和它在岁月中的辉煌

一只彩陶长颈瓶在隆德

摩挲着人们的目光

岁月深处的漠北之战

哪怕在岁月深处

虽离我们很远很远

我们依然能看见血在飞溅

天边那轮夕阳疲惫无力

时间颤抖　痛苦掩面

这是漠北之战

浩浩荡荡的战马一路踏过

大片的土地囊括而来

纵目望去

春光灿烂

漠北之战

在岁月深处有自己的风沙翻卷

大片土地的获得是它的支撑

其正确与英明

没有谁能推翻

毕竟千年后我们的移动

自由而没有阻拦

漠北之战，是元狩四年（公元前119年）汉朝在漠北地区（漠北指中国北方沙漠、戈壁以北的广大地区）。进行的一次大规模战役，是一场举关国运的巅峰决战。

毕竟强者的业绩

总会激起口号和由衷的赞叹

漠北是我们目光之外的东西

其存在的必要性

有着自己坚强的支点

漠北之战啊

岁月深处

闪着多少弱者无辜的双眼

新秦中　新秦中

差点把它弄丢了
差点弄丢了它的地名
知道新秦中是靠肥沃活着
知道它有丰收的年景　想来
就已很是醉人

新秦中的麦浪摇着
香味纯正
它的虫声也是不甘落后
用最大的嗓门
证明自己是虫声
水的流来有些艰难
但来自黄河的正统
新秦中的花一定是花语
说出人话来
像是长长的歌吟
新秦中是用来种庄稼的
让牛犁在这里畅行
麦子种下慢慢蠕动

秦时，"关中"平原，为全国
首富，称"秦中"。汉时，宁
夏平原经开垦，很快成"饶谷
多畜"农牧业发达的新兴经济
区，成为国家财政收入新的财
富之源，故称"新秦中"。

进入土地
它们都开始了强烈的共鸣

啊　新秦中
它一定是长着胡须的
胡须在风中飘动
偏偏它又不讲故事
它把沉默看得很贵很重
故事让夏天说去吧
毕竟它有自己的夏风
秋天也能讲
因为秋天有自己的高粱红
高粱的那瓮酒喝醉了新秦中
新秦中乐得醉后一睡
将自己的好奇留给后人

黄河边的兵沟汉墓

它们奇怪地扭结在一起
却有着更加奇怪的天衣无缝
时间没有半点阻隔
连接它们的
是那些喊杀震天的战争

此刻　夕阳正红
像血　更像一种绝望的轰鸣
汉墓群暗哑无语
完全忘记岁月埋葬着曾纵目西顾的将军
荒漠中的沟沟壑壑
是时间中裂得最开的皱纹
随便会冲出一支军队
弄出一种喧嚣的轰隆
啊　夕阳下的大漠昏晨
一片土地的失望
不是没有野草光临
也不是人们离它很远躲开了自己的脚步声
是因为繁华曾以另一种面目

兵沟汉墓，位于宁夏石嘴山市平罗县陶乐镇。史载，这里是秦、汉时期屯兵之地，故称"兵沟"。汉墓群是西北发现的最为集中、数量最大的汉代墓葬群，时代为西汉中期至东汉初期，距今2000多年。

体现了它的特性
腾腾杀气有时会聚形
成为天边的火烧红云

汉墓群是守护着的
墓中　躺着等级森严的古人
而兵沟则是埋伏着的
它们冲出来的时候
会有杀气更贴近我们的脸面
晃动　怒目圆睁

廉县的背影

也许我们该问秋风

秋风会给我们指出一片庄稼的葱茏

庄稼觉得自己依旧属廉县管理

属于那串汉代人稳重的脚步声

也许该问黄河

黄河会飞过来一抹柔情

水流会引我们走向三月的田埂

飞起的草虫不知时光流转

还以为飞在廉县的光阴

那就问贺兰山吧

贺兰山随手扬起朦胧的沙尘

沙落之处   正是廉县揉着自己眯沙的眼睛

廉县的根基很深

地下千年   睡梦一醒

醒来的廉县发现自己并未丢失什么

只是水流更响

青山更青

古老的地名让自己更加深韵

找着的人们找到它塘里的鱼群

廉县遗址，地处于宁夏崇岗镇暖泉村。据考，汉武帝元狩四年（公元前119年）在此设县，是境内有史料记载的最早的县级建制。辖境包括今银川市大部以及平罗县，是两汉时期宁夏北部地区管理屯田植谷、移民实边的经济中心，其时其地沃野千里，谷稼殷积。

寻不见的眼睛依旧在寻
试图寻见它曾经的炊烟
和简单朴拙的屋顶

我们啊
与祖先排成一串或站成一群
是廉县新添的人丁
只要不是偷梁换柱
廉县喜欢被叫个新的名称
反正不影响每年春天
土地上冒起的热气腾腾
不影响麦浪飘香的年成
廉县知道自己是不会被忘记的
千年前它丢下瓦砾和陶制品
就是布给后人温柔的陷阱
谁掉进去谁就在廉县
谁就是廉县的人民

廉县的背影很清晰
并不朦胧
它不愿装　将自己搞出深沉
没有转过脸来
是因为它要紧盯着一个霜晨
又是一个秋啊
这个秋天有太多霜风
它想燃一些火

在庄稼旁　在田埂上
以防早到的冰寒
影响一年的收成

暖泉　暖暖的泉

暖泉，位于宁夏银川贺兰县。因有一年四季水温如一的泉水汩汩流出而名"暖泉"。据考，暖泉一带应是汉代廉县城的所在地。

廉县走了
只留下模糊的背影
他的基座沉入地下
像一段坚硬的梦
这里只留下暖泉
许多泉水热气腾腾

在某个冬夜里
没有廉县的围拥
暖泉觉得自己开始变冷
稀疏的灯火次第熄灭
暖泉走了
并且带走了温暖的水声

只有历史手忙脚乱地捡拾着
抓住日渐疯狂的野草
以及更加肆虐的风声
暖泉的名字却有了热度
并且立地生根

千百年啊　人们嘟嘟囔囔地念着
念着暖泉和它的水温

暖泉其实很狡黠
它并不在有限的泉眼中沉吟
四散跑开
跑进所有茁壮生长的草根
并且适时调整温度
变成了触手可及的滋润
暖泉啊
将自己的元素不停地输出
温暖的土地不再僵硬
暖泉的做法是将炽热留给七月
留给亮着肚皮的草虫
冬天的暖泉是在地下
在地下潜移默化地滋润
不再是那种咋咋呼呼的热
无目的无方向地喷涌

暖泉将自己的呼吸
悄悄融进了人的笑容
西部的冬天有时冷得六亲不认
但看到那些舒展的脸
人们便不再惧怕严酷的寒冬

暖泉并未走远

也未隐匿自己的行踪

它优美地华丽转身

融进了无尽的岁月中

成为我们的温度和热情

我们不是暖暖的吗

谁能否定我们身上暖泉的神韵

秦渠　汉渠

我们听到的水声
也是不分秦汉
无论魏晋
一条条渠从很早的时候就已长成
岸边茁壮的杂草
表示他们风格强悍　形态滋润

这些水哗哗流着
人们细心地区分着它们的年份
最早的那条早已养育了许多代人
它的水声充满故事
有祖先不曾丢失的脚印
年轻的这条可以叫汉渠
因为它有着更多的章法
有更年轻的水声

秦渠汉渠都在这里
一块土地与黄河接通
绿色不是登陆　而是直接蹿出　腾涌

八月来看月明
一半在静默的秦渠汉渠
一半　在人们的日常生活中

秦渠不老
汉渠也不自矜于自己的年轻
土地的繁茂让它们模糊了时间的界限
它们只知道从善良的愿望而来
依次起身

有是有那唯一的不同
秦渠知道短促的秦代遍地杀声
汉渠知道和平的日子
一渠流水携来的虫声
不受惊扰　一直好听

秦渠汉渠自我们的土地上流着
岸边绿柳正是长髯飘拂
夜半潺湲　正是爽朗的笑声

红城古城遗址边的静立

应该不是特指

而是包括每一座被岁月抚摸过的旧城遗址

红色代表沧桑或沧桑的痕迹

遗址的留存

说明　历史和岁月有话要说

有自己说不尽的叨叨絮语

想那座遗址年轻的时候

也是门楼意气风发

城门颐指气使

萝卜白菜顺畅起程

出城的人

有一天的收获和欢喜

城里的人们有安静的熟睡

也有不足道人的私密

日子被用来过着

柴米油盐

还有鸡零狗碎的事

红城古城遗址，今宁夏固原县境内。位于丝绸之路要道上，是西出黄河的第一重镇，自古为军事要地。

人们离开后
一座小城池开始酥脆死寂
慢慢地阳光晒红了它
慢慢地　它变成了遗址

但寻找的目光
也自此开始
找寻曾经的岁月
人们很好奇
隔着千年时光
人们不觉得那是距离
红城子遗址啊　遗址
抱着肩膀瑟缩在秋风里
得意于自己的韧性和耐力
否则　某一年缺水时
它就已被渴死

啊　那幅匈奴骑士图

他的神情
像是宿醉未醒
耷拉着脑袋
打不起精神
想是昨天他走了一家表亲
表亲是不折不扣的汉人
成为匈奴他也说不出原因
贺兰山是一道界线
骑马的叫匈奴
种出遍地庄稼的
叫世世代代的汉人

但他的弓箭和刀枪都很警觉
拒绝饮酒
睁着不灭的眼睛

他骑马　晃荡着
要走进贺兰山中
黄河岸边饮过马

马对那些肥嫩的草情有独钟

他想他累了是可以躺在地上的

夜晚　可以看天空中明亮的星星

嚼着一茎青草　他想着自己的心事

想两个民族为何世代有仇

为了一块不大的草地相争

穿上同一服装　一定会是同样的人

没有差异的鼻子

都具有热情的眼神

想累了的匈奴睡进梦中
田野里飘来了一朵花　充满神韵
那花和草原上的花朵没什么不同
那花摆弄过自己的裙子后
开进绿色耀眼的田垄

一个骑马的匈奴酒醒后
走进岁月中
他想弄明白的事太多
多得弄痛了他耿直的脑筋

一连串的匈奴铜牌饰

这些草原的勇士

风一样潇洒漂亮

他们的眼睛望惯了草原

也一样透射出绝美的目光

他们真的不是伤心地流浪

而是随着风声和草色

行走　走在曾是自己的土地上

闲下来的时候

脚下摊开了肥壮的牛羊

它们的炉火呼呼亮着

冶铜　看红色的铜汁神秘地流淌

他们的文化并不笨拙

精巧的构思犹如划过天空的星光

那种璀璨

令人沉思　凝想

一连串的铜牌饰

表明　曾经的岁月一样有过辉煌

仅凭这些铜　这铜牌饰的叮当作响

匈奴铜牌饰，是指以青铜合金等材料制成的、上面饰有程式化纹样（如马、鹿、虎、怪兽搏斗等动物纹样）的长方形或其他形态的饰件，不仅用于服饰，也常见于马具或装备上的装饰。

我们就有理由膜拜

向他们表达更高的敬仰

从某一个侧面看

铜牌饰是不折不扣的对岁月寂寞的对抗

它并不鼓励难耐的沉默

也不隐忍　悄无声响

它在马背上或人的腰间歌唱

可以理解成那些日子最美的华章

因为牛羊慢慢走远

因为他们枕着的是无言的山冈

一连串的匈奴铜牌饰

并没有为自己设计翅膀

一开始　它们就是一片土地

一个民族不离不弃的代理形象

它们固定的声音需待破解

谁若真诚进入

谁便会获得时间那头丰富的宝藏

韦州草原啊
滋养过肥壮的牛羊

当时　它只是一片有草的地方

没有谁叫它韦州

但它却有着移动的牛羊

晨风拂过

羊的咩叫缓缓飘来

飘来的　还有那些并不高大的小土冈

一些小河不知藏在哪里

但水分却是从草根下渗出　闪闪发亮

给你一个 宁夏

韦州，宁夏同心县韦州镇。其
历史悠久，汉代属北地郡地，
唐代称安乐州和长乐州，西夏
时李元昊将其改为韦州。

它的雨季来临　频繁而匆匆忙忙
迫不及待的草钻出土地时
春风早已来来回回地扇动着自己的衣裳
韦州的苇絮只想着秋天的苇花
却忘了夏天它的绿　令人神往

韦州草原
一个可以不叫草原的地方
有些玲珑　有些袖珍
并不辽阔宽广
但它的野花杂开
却是气势昂扬
循序渐进
次第生长
短暂的时间中

西部特色尽展无余
一茎草一茎草地
喂养着历史中的牛羊

它的牛羊长大了
进入了岁月苍茫
它在冬天也会死去
一片枯黄
但它生长的过程
却是充满个性的刚强
来过　并不惧怕死的悲怆
绿过　任由他人去评说那种艰难生长的苍茫

给你一个宁夏

萧关风韵

在这里
历史就是那些动态的人
他们的眼睛明亮着
坚韧不拔地生存在大山中
古萧关是他们守着的
还有那些满山葱茏的风景
拈一朵野花嗅着
啊　浓浓的萧关风韵

一座关口
蹲伏　或者蜷卧
都有着不可进犯的庄重
萧关的建立不是拒绝
而是背靠肥硕的中原
听草原游牧民族马蹄轰轰隆隆
它知道暴烈的马蹄声总有一天回家
迈进萧关那早已敞开的家门

萧关，在今宁夏固原东南。历史上著名的关隘，作为中原自然屏障四塞之一的萧关，汉唐时就是军事要地。

啊　厚重的城墙

历史吱吱作响的尘封

古萧关的眺望

很远很深沉

可以望到玉门关

望见出关的背影

望见苍茫的大山之外

冉冉飘动的时空

夜色中的大山

有泪咽下　喉中哽咽

关里关外的厮杀嘶鸣

让一座古关不敢松弛

警惕万分

但善良的人们进关出关

活着和死去

都很悄然　平静

这已是萧关的又一个黄昏

岁月　势将再一次淹没进大山中

关上关下的人们

习惯性地竖起耳朵　倾听

一枚呜呜咽咽的古埙

爬上墙来　发出思古幽情

幽幽之情　四散开去

撼动草木，平添更多深韵

卢芳该人

割据的年代
他很油滑也很从容
一颗大脑给予他的谋略
便是如草随风
并在风中站稳自己的脚跟

久远的岁月属于他们
我们　却是可看那些骚动的身影
刀　鲜血　胜利的狂饮
历史的画面一再处于激奋中
劫掠与反抗
以及势力与平衡
都透着浓浓的血腥
嚣叫的刀枪配合着时代
成为那番岁月的英雄

卢芳站在萧关之外
他有自己藏身的草丛
啸聚而至的环围

卢芳，割据一方的宁夏三水县（今宁夏同心县东南）人，新莽时期四大割据首领之一。

使他拥有了某种把控
叛与降都会有恰当的时机
他有着自己的衡定和分寸

卢芳是为了活着
虽然他喜欢并制造战争
一片片土地的延伸
也让他具有了更多的野心
风中出没　犹如飘飞的风筝
一小块土地的占有
并不能保全血脉和自身

卢芳再一次跑了
跑进草原民族大营中
只留下风尘岁月
在大片的土地上　久久沉吟

滇零父子

起义

或是举事

只是后人斟酌过的文字

有时　会是无意的概念游戏

让一把具有实力的刀静静躺着

或面临着死的结局

那样的岁月

任谁　都会反抗　挺身而起

并且图谋壮大自己

时光的老练

就是将一些是非弄得模糊迷离

并不交给我们答案

我们所想的唯一

我们渴求的清晰

本来　滇零父子

就是从血泪中站起

并且制造了更大的血疑

给你一个

宁夏

滇零，东汉先零羌部落首领。

154

一张脸在岁月中的显现

根本不可非黑即白

整齐划一

我们可以找出一些压迫的痕迹

找出为活着而生出的密谋和不择手段的自私

风在那个年代轻轻吹着

我们却不是他们自己

他们的饥饿我们无法感受

他们的痛苦

我们也无法感知

他们的心事啊

不是我们今天的心事

滇零父子可能是一些符号

表达反抗者的愤怒心志

滇零父子也很具体

是被簇拥着的一种希望

和全部的雄心所寄

滇零父子的存在　有血为证

不容疑虑

他们的脚步　也曾铿锵过

踩响过大地

但在那个杀伐的年代

和平很少有自己的一席之地

顺从或被杀掉

往往是许多事情的必然选择和结局

一块绢帛送达的

更多的是心有埋伏　声东击西

滇零父子啊

岁月中的一种壮烈生死

他们的血可以被拿来说

可以说成多角度的故事

兽头瓦当　那兽头

人生如戏

说来有几分消极

但我们往往会拿一些精心的谋划

去当道具

试图有一些表达

或者启示

兽头瓦当

正在这里

凶恶与微笑

混杂在一起

千年风雨

出头的椽子早已烂掉

兽头瓦当

却以自己的艺术性和神秘

嘲笑般地面对着今天的日子

兽被我们驯服的

是那些善良的狗　温顺的鸡

还有牛马

耕耘在辽阔大地

而那些充满野性的

依旧有着凶恶的面具

它们可以自由地幽默自己

在一些场合

亮出自己的面具

这兽头

一直无语

它们的笑也有点甜蜜

阳光下它们看着我们的时候

我们总有一种胆怯

有一种拂不去的迟疑

月光下的皇甫规

那些官职　一直很混乱

试图遮蔽一张清明的脸

那脸在胡须后也有着自己的精明

退隐　退回一种平淡

也想走向前

实现书中读来的理想信念

但强狠之人如狼

一直堵在面前

贪官的手伸着

索取前往通达的买路钱

于是　他平静地走回来

坐在阳光下　面对群山

朝那湫的水面

月亮比它处要大　要圆

童年的日子总是喊他

喊回家吃饭

皇甫规（104—174年），安定朝那〔今宁夏彭阳县〕人，东汉军事家。有见识，熟习兵法。一生清正廉洁，刚直不阿，不畏权奸。

一纸奏谏陈述完自己

顺便写上关于安抚的谏言

反抗的暴民是因为无路可走

受到的压迫绝对空前

穷人们贫穷得无法吃饭

酷吏与贪官啊

他们的压榨与摧残

弄出了遍地的星火燎原

认认真真地讲学

清清白白地为官

讲《诗》　讲《易》

时时会激红一张脸

诗中的野草又嫩又鲜

会在春天伸过来

弄出痒痒　痒在心间

《易》中的哲理啊

明通达练

把日常生活摆在当下

只有直视

用不着区别　用不着挑挑拣拣

月光下的皇甫规

有一点洁癖　苛求圆满

追求高于一切

特别是在月光洒下

清凉如水的瞬间

岁月留下的博山炉

大开大合的岁月
从来不缺少自己的辉煌
哪怕纤细如丝的日子
也是香烟袅袅　透来馨香
博山炉走来是直线条的
不拐弯抹角
也不东张西望
直接　进入我们的目光

这些镂空的花格是有奇迹的
有着古人辗转反侧的思量
每一面浑圆的展示也并不随意
光滑旋转　圆润流淌
青烟在千年前的早晨和黄昏
飞出绮窗
博山炉却在千年后的日子
让我们对异乡的人
产生了无尽的遐想

是书生吧

书声朗吟在博山炉旁

随意丢弃的诗书　有着放纵的模样

面对着苍翠的群山

书生有些春心荡漾

刻板的苦读　读不出他想要的激情和思想

他不敢说出口

他不敢说有些典籍过于空旷

缺乏精密细度

缺少思想和展望

他的心事博山炉知道

那天　博山炉发展了自己的敞亮

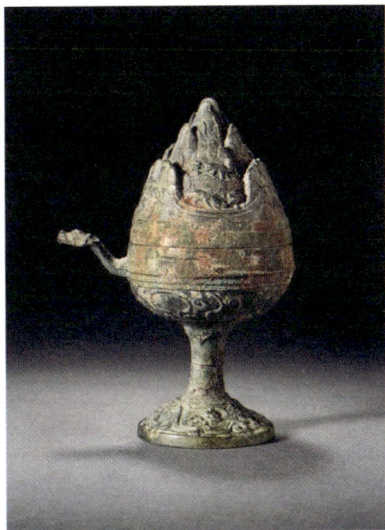

是红妆的女儿吧

女儿着红装

她的憔悴不敢示人

长在渐渐成熟的心上

博山炉的香味阵阵传来

她的神情有些动荡

明明可以跑进三月的阳春

明明可以像花儿自由开放

但那间闺房却囚着她

她不能纵情歌唱

博山炉啊见过太多

最多的是在乱世　它的辗转流浪

乞讨的手也捧过它

它已卑贱得换不来一点口粮

博山炉知道自己必须经历一切

否则　便算不上历经沧桑

所有的一切都打磨过它后

才能形成真正的包浆

绿玉蚕啊　你的相伴在哪里

这里有一种丢失

丢失的东西太多

只有绿玉蚕在这里

一枚蚕

保持着最丰润的神姿

绿着　玉着

晶莹　柔腻

但是　丢失的东西

一直不在这里

想说的是三月的蚕鸣

柔嫩而潮湿

这春天的语言构成了最美的诗句

没有春蚕的呢哝

静夜　只有枯燥的静谧

和桑叶单调的絮语

桑叶追着一群蚕　蓬勃长起

万般喂养一只蚕

只为它吐出气象万千的蚕丝

蚕噬桑叶的那一刻

不可缺失

蠕蠕涌动

声如细丝

最伟大的细节是温暖的

精细而悄然不语

也不可缺失啊

不可缺失春风美丽的气息

它的香味有韵

也有不可捉摸的根底

对于蚕　对于玉

春是一种唤起
蚕是一种雄起

啊　绿玉蚕
记住相伴
相伴不可缺失

六盘山下的梁氏

高官大姓

并不足取

有时　会飘来恶劣的气息

但梁氏却有自己坚定的根基

植根在绿色的山中

山石草木都是养料

会哺育出一些清新和美丽

六盘山下的梁氏

留下的或离开的

都在平静地呼吸

传统的念诵让他们恭顺

他们懂得走正确的路

保护自己

六盘山下的梁氏

很旺盛　葱葱绿绿

梁氏，宁夏六盘山下的豪门望族。发达始于梁统，其高祖梁子都为官而迁居安定郡乌氏县（辖今固原县南部及泾源县），他为东汉政权立下汗马功劳，使梁家迅速崛起。

灵州有傅氏

一串优质的葡萄

在自己的季节

闪着迷人的光韵

他们的故事很多

有为一块土地的坚守

也有泣血进谏　奋勇献身

拒贿也是别有风味的

耿直的身影

一直晃动在风中

傅氏是融进灵州的土地的

遍地长出的长枣

有他们激荡如血的面容

夏天的草丛中

有傅氏温润的声音

留恋灵州的傅氏在灵州扎下了坚定的根

秋水中有傅氏的面容

洁身自好的傅氏

水一样清亮

傅氏，灵州（今宁夏吴忠）望族。傅氏家族从西周末期迁居灵州，历经春秋战国，到公元前215年，秦朝大帅蒙恬北伐，沿黄河设立数十个县时，傅氏一直与西戎各族和平相处，立足灵州长达500多年，为秦、汉两朝最早在今宁夏北部顺利置县作出了不可磨灭的贡献。

并不愿意扬起过大的波纹

灵州傅氏是望族

曾有自己高大的朱门

他们的行走

符合古人衡定忠诚的标准

他们的安抚手段

避免了许多血泪飞迸

他们常常会有自己的小心思

别有用心

他们努力让更多的人活下来

在乱世　在无休无止的战争

灵州　有傅氏

是一块土地独具的风情

是一件令人沉吟的事情

朔漠诗情

用不着东拉西扯
也不用牵攀
朔漠这里
有阳刚的诗篇
那轮红日是最好的宝石
漠风中的劲草
有着顽强的韧性和生命力不停翻卷
随口吟啸　雄奇硬朗
缠绵之处　伸手
可以摸到另一只手在远方的温暖

朔漠诗情风中酿就
哪怕是最寒冷的时节
严寒　也无法将它斩断
无法隔绝的想往在边关
篝火旁　一只歪倒的酒壶
正有一些呓语般的思念

朔漠诗情啊　有原始的激动

也有风沙一样粗粝的灵感

并不需要情节太多

不需要附加的纷繁

对着暗绿的秋水

和南飞的大雁

诗就那样漫上来

漫上多情的泪眼

春天的那朵花

给他们更多的缠绵

孤独的色彩有着最大的震撼

寻诗写诗的豪情

集中　毫不散漫

朔漠原本是坦荡无垠的

胸臆也被拓展开去

一直　直达天边

果园城啊丽子园

果园城里红枣飘香的时候

丽子园啊　　也已是芬芳的秋天

一条黄河静静穿过

绿色　　浓郁地

密布在黄河两岸

日渐成熟的土地

也成熟了自己丰腴的时间

最成熟的是那些河中的鱼

可以老练地看到白云轻荡的蓝天

它们依傍着黄河长大

根系坚定　　枝叶茂繁

死去的人们　　一代一代

品味过它们的汁水和甘甜

它们有热烈的花开来

有一片又一片的草

迎风招展

给你一个 宁夏

果园城，早在大夏赫连勃勃时期，宁夏灵州地区（灵武地区）就是赫连勃勃的果园城。丽子园，位于宁夏银川清和门（东门）外，是明代塞北最大的园林。园名仿赫连夏"丽子园"而得名，又称丽景园。

想起昨天

昨天的人们耕耘

韧性而艰难

脚下的土地艰涩古板

一茬一茬的春风吹过

花草有自己的羞怯

成长缓慢

但这已是成熟的秋天

是经过无数夏风抚摸的秋天

黄河的鼓励和期待

充满耐力和悠远

果园城绿了

丽子园有了自己的呼喊

风景独具

风情无边

一片风景的呼吸均匀舒展

果园城挺立在东边

丽子园　铺展在西边

在一幅胡人烤羊肉壁画前

那堆火亮着
亮在宁夏平原
晚风刚刚吹过
熟肉的味道轻轻弥漫
一幅画和画中的胡人都很专注
表情古朴而浪漫

那是个温暖的夏天
壁画外　是绿草翻卷的大草原
河流的喘息若有若无
月亮　因缺水
只能呈现半圆

这个胡人想法不多
只求雨水充足　羊群繁衍
他的孩子们在家中
早已滚成了扯不开的羊毛线团
他有自己的女人
会操持日子　骨架丰满

他只是烤着一只羊

烤熟的羊他会端回家

在第一动作第一时间

那些熟悉的笑他已听了千年

每次进入壁画

他都炫技　炫自己的男性眉眼

慢悠悠地烤过去

他觉得极为划算

得益于自己携着的肉香

可以径直传达给后来的岁岁年年

海宝塔的秋风

每年　来海宝塔
看那些金色的秋风
秋风　会从南北朝
径直走到今

时代的秋风吹过后
这里　只有孤独的铎铃
在念　念岁月晨昏
错念赫连勃勃成海宝
误读湖中的塔影
为白云中的塔影

寺中的老僧
是否在一个燃烧的黎明
坐化　坐化在一卷《金刚经》
后院的耕田里　新僧
可否把秋白菜的种子种进丛林制的祖训中
深邃的楞伽大义　又来
来印谁拈花一笑的心

海宝塔，位于宁夏银川市兴庆区，俗称北塔。据考，始建于北朝晚期至隋唐年间，多次被毁，后重建。

茶的开悟是不曾刻意扫除的本来清净
清净亦不存在时
我们来看海宝塔的秋风

秋风有自己飘飘的白云
有酸涩适中的沙枣红
有一条黄河的遥望
有一座远山的一天比一天清空
有海宝塔顽强的坚守
有经卷素食的吟诵声

每年　来海宝塔
看那些秋风
那些秋风的裙子
飘拂在重阳的菊花中

给你一个宁夏

皇甫谧手中的针

皇甫谧手中的针触扎到历史的深层
扎到官场的骨节处
可以听到外戚的叫骂武夫的暴跳以及宦官细细
的嗓音

公车征辟　不去
单爱这民间的草丛
每个人的世界都是自己的心
让官人的心是宫廷和公文吧
让斗鸡者的心　是一只鸡笼
蛐蛐罐里有乾坤
贪玩小皇子的眼睛里看到的是你死我活的残忍
刀枪的世界属于武夫
笔砚间　潇洒着自怜自爱的诗人
皇甫谧的世界只有那枚顽强探索的银针
朝那的天空在巨大的湫渊里沉静
群山中的麦苗漾起了层层叠叠的风
一卷在握的皇甫谧在远离喧闹的地方

皇甫谧（215--282年），安定郡朝那县（今宁夏彭阳县）人。为人耿直，辟官不就，一生居乡以著述为业。

看到了自己闪闪发光的神经看到每一个穴位
都跳动着
洋溢着圣洁的光明

远处的牛羊归来
牛羊的后边是西部苍茫的黄昏
勤劳的笔又点亮了一盏村野的灯
《针灸甲乙经》又开始诵自己的经
从皇甫谧的身上吟诵进伟大的文字中

西晋的皇甫谧　远离官府
害上了一种病叫沉淫
沉淫在书卷中
自己的经脉上　沉淫着一根探求的针

刁雍留下的足音

我们议论一片水声
或沉浸在五月的风景
会想起刁雍
能听见一些纤细的花草中
有他坚定的足音

真的　伟大并不是一种宣称
而是坚定地给予
让温暖直达人心

在人们睡熟的时候
在千年前的某个凌晨
刁雍的眼睛亮着
胸中　迸跳着责任

我们叫作的人生
往往是一种很现实的行动
游戏人生者
如一缕清风

刁雍，今河北盐山人。北魏时
任薄骨律镇（今宁夏灵武西南
与黄河沙洲）将。在任期间，
修建开凿了一条引水灌溉的水
利工程——艾山渠。艾山渠的
兴修，较使国库充实，民户富
足，宁夏平原农业经济获得恢
复与发展，迅速成为北魏西北
边镇的重要粮食生产基地。

轻轻吹过

并不留下影踪

而坚定的务实者

他们的眼睛

一直盯着大地和天空

寻求并作为着

最终　成就了自己的峰岭

暗夜中的刁雍

看到了一条河的身影

激荡的水声激动他到天明

那是黄河的呐喊

直接拍击着他的壮志雄心

大地上枯涩的脸庞太多

他们　多么需要水流的滋润

刁雍坚实地走过去

开渠灌溉

平原上遍布他的足音

庄稼一茬一茬生长着

仅凭一条一条渠的喧腾欢闹

刁雍便无法消失了

浪花　是他消失不了的化身

给你一个宁夏

刁雍沿黄河而下

行进在大河之中

他的奏议和新造的船都很扎实

浩荡迎风

刁雍年年都会回来

春天　鲜嫩葱茏

夏天　清亮漾动

秋天最是丰满

铺满大地　饱满丰润

冬天的那个故事正是说他

一辈又一辈人说着

说着那个引水而来

膏润一片土地的男人

消失的朝那城

一种含笑的消失

走时　顺便拿走了自己的模型

我们追逐的舌头念过去

无法念出那种悠扬的古音

以及充满花朵气味的深韵

朝那是一座城的时候

六盘山也是那样水汽淋淋

一场透雨刚刚下过

有点焦渴的土地连同城墙

同时受到了滋润

满山的绿色更加耀眼

人们　有着毫不惊恐的眼神

听到战争的消息太多

边关　久历风尘

烽火嗷嗷叫过多少代

箭镞如雨而下

朝那城遗址，位于宁夏彭阳县城西，为秦汉朝那县治所。其历史悠久，是宁夏境内设置较早的四个县治之一。

不伤皮毛的
是朝那城头湛蓝的天空

朝那城消失了
走向更广阔的天地中
它的人流要带走它
带走它百年的气度和包容
废墟留给岁月
影子留给黄昏

朝那城走得很欢喜
并无伤感伤痛
该坚守的已经坚守
包括坚持不绝地哺育风景
该舍弃的早已舍弃
包括一些荒凉　一些不该有的清冷

朝那城的复原图
虚晃一枪　色调朦胧
只让我们念想
不让我们看清
怕我们看得过于分明
会看见艰难岁月中的泪血
引起不必要的沉吟

《流民图》中的先民

他们艰难的形象

走在曾经的土地上

他们的日子很艰难

找不到我们所需的那种富丽堂皇

身边的野菜无影无踪

饥饿使他们无法挺起自己的胸膛

先民啊

弯腰驼背地走在风中

风也在撕扯着他们的毛发

和破布衣裳

《流民图》

出自后人的回望

那些艰难岁月的确令人忧伤

疲惫的神情　失望的眼神

都使一幅图　笼罩着巨大悲怆

流民们流动着

带着辘辘饥肠

带着揩抹不掉的失望

流向哪里他们不知道

在什么时候死去

他们早已不去多想

没有什么可以支撑

一切都坍塌了下去

失望　还是失望

《流民图》啊

挂在岁月最显眼的地方

垂死挣扎的脚步

软弱却一直在响

先民们的走动痛苦不堪

一批又一批人死去

一张图的泪水不断

哗哗流淌

高平的那次起义

不需要过度称颂它的辉煌
也无需用拔高的音腔
高平这边起义
压迫　激起了愤怒的反抗

六盘山的风景依旧未变
萧关　也不多想起自己濒临古战场
高平此地真的是忍受不了压迫
表现了自己的疯狂

高平起义，发动者胡琛，高平镇
（今宁夏固原市原州区）人。

一波一波的镇压接踵而来
高平同仇敌忾
打了一波又一波胜仗
一批又一批人倒下了
倒在自己可爱的山冈
山峰上的白云萦绕不去
夏天啊　正是这夏日时光
喊杀之声　缕缕不绝
又有多少家破人亡

山中灯火

又有多少不再明亮

此次高平却是不顾一切的

虽然有被利用的成分

虽有野心悄悄酝酿

奋勇向前的人们顾不了许多

他们形成的浩大画面

在历史中不纠缠细节　只有辉煌

啊　那血色辉煌

高平这次起义了

驯顺的人们

发现了自己无可取代的力量

他们呐喊着冲向远方

沿途的胜利让他们欢欣鼓舞

站起来后

他们意气风发　理直气壮

许多人知道自己会死得无名无姓

但他们有自己的心愿

只要高平那杆不屈的旗帜飞扬

他们愿意将自己的头颅

丢弃在大地上

塞北江南始有名

扫码听诵

给你一个宁夏

《太平寰宇记》载："后周宣政元年（578年）破陈将吴明彻，迁其人于灵州，其江左之人尚礼好学，习俗相化，因谓之塞北江南。"

终于　走来了一群人

他们是被流放者

却听懂了这里的水声

这里的夏夜真美啊

静谧　能听到蛙鸣

花香啊　香能浸进灵魂

辽阔的土地舒舒坦坦

黄河流着

流得优雅而轻松

饱满松软的土地

让这些江南人走着

他们闻到了土地的香醇

一年四季都是那么有味道

春天里　柳笛声中有一种甜润

夏夜的绿草　一波又一波的清芬扰扰袭人

最是五颜六色的秋天

果实飘香　庄稼迎风

水塘里的鱼儿搔首弄影

枝杈间的草虫

悠闲自得　吱吱有韵

啊　这是塞上江南

江南的季节也无这般四季分明

是塞上江南啊

土地喷涌出的力量

激发出人的努力和阵阵冲动

在这里种江南的稻吧

绿秧舞动在风中

第一次的收获滚滚而来

泪水　涌上了离家千里人的眼睛

啊　停下脚步吧

这里是塞上江南

是生命中不可再得的缘分

塞上江南啊

塞上江南始有名

在这里安放下鱼钩

并钓来大片的鱼群

在这里举起臂膀

远山会微笑　产生回音

这里土地宽展得令人头晕

这里的花杂色杂样

强筋健骨却又柔嫩万分

塞上江南始有名

这里有一群想家却不愿回家的人

一块土地上有蓝天有白云

花色妖娆　风儿轻轻

谁都想把自己种在这里

发芽扎根

并且　长出无边无际的子孙

浩荡的沙湖水声

扫码听诵

沙湖，位于宁夏石嘴山市平罗县，是一处融江南水乡之灵秀与塞北大漠之雄浑为一体的生态旅游区。其美在沙水相融；其秀在湖苇相映；其奇在鸟飞鱼跃；其神在人与自然和谐相处。

浩荡的水声

早于我们的耳朵和眼睛

来自大山里的远客在这里住下

形成了美丽的水波明静

春风在这里最真实最忠诚

年年按时到达

将那些苇草一一唤醒

野鸭的叫声开始响起

甩掉了不应有的寒冷

许多鸟类也不知从哪里钻出来

将自己漾上了蓝色的天空

花朵并不着急

先开蓝色的马莲那朵朦胧

然后　是一连串的五彩缤纷

啊　沙湖

浩荡的水声

是谁　驾着第一条独木舟

196

穿梭在你的波纹

他一定是偷着乐的

他发现　这里是那么神秘安静

一切都深藏在茂密的苇丛

沙湖啊

带着自己浩大的水声

这不是秋天又到了吗

芦花的雪白　诗意朦胧

可惜沙湖的鱼不懂诗

它们只懂得在月色中跃起

跃起在月光中

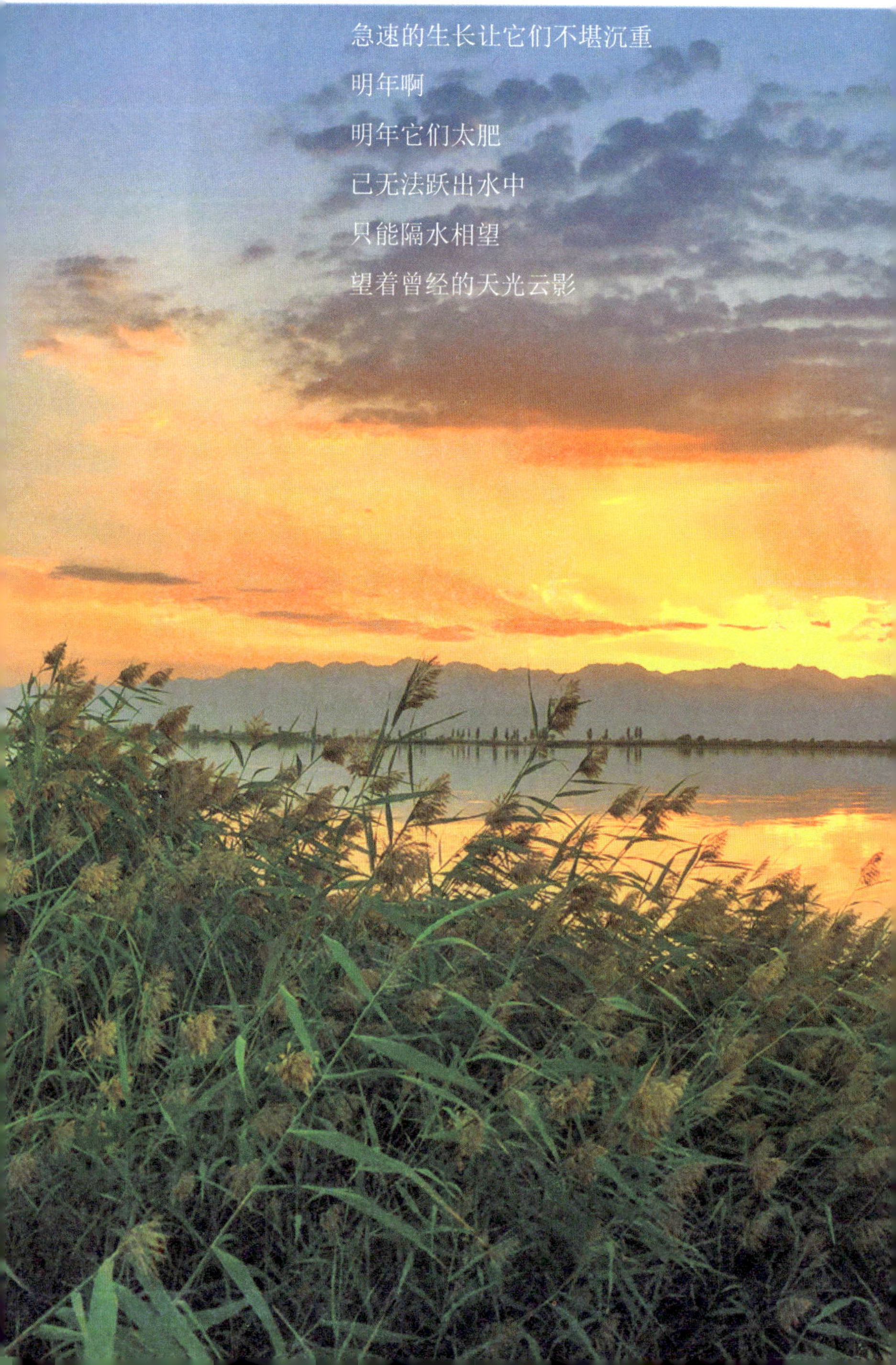
急速的生长让它们不堪沉重
明年啊
明年它们太肥
已无法跃出水中
只能隔水相望
望着曾经的天光云影

沙湖的水声浩荡

它们并不像人们那样在意寒冷

寒冷的那场雪是多么晶莹

将湖水和它的黄沙

都包裹在梦中

那梦儿　从未安分

鱼说自己是曾经的山脉

黄沙　则说在腾格里沙漠

有自己可以攀扯的近亲

须弥山大佛

那一年　您一眼望去

看到丝绸之路上的人们

已走得很远很远

他们的历程尘土飞扬

驼铃声　却是不知疲倦

你看到　到家的扔下了行李卷

在家中的瓦盆中洗尽了沾满风尘的脸

远去的　走向东边

走向远方的古长安

您不多言

不　您无言

拈花一笑后

最好的表达其实很简单

不需要多说什么

一笑　已是彼此明白　不用絮烦

纷繁的人们从眼前走过

红尘纷繁

您留下的教诲

让人们诵读不完

千言万语一句话

做人的基本

离不开耳熟能详的心善

心温　心热　心暖

多角度啊　多个侧面

苦口婆心地讲解

只为那光光闪闪的一点点

只为宝石一样的一点点

在这须弥山

春天听绿风

夏天听肥蝉

秋天听花的烂漫

明丽　浓艳

冬天山道上很静

可以听到一支孤独的香

在偈语中呢呢喃喃

岁月不老　也不年轻

无分别的心里

没有深深浅浅

曾经即是当下

当下　也会是久远

须弥山的大佛

目光看向蓝天

天空中飞过的白云散散淡淡

佛的目光收回来

看那些山道盘旋上山

曲折扭动

回环蜿蜒

对书俑　对书俑

校对或校雠

仅仅是一种发音

最主要的是那双眼睛

和充满责任的心

对书俑被带入地下

或许那个世界的深层

也需要一种不打折扣的校正

对书俑　这是在阳光下

在一个好风飘拂的早晨

书本和文字紧贴着前胸

逐字逐句的对校

让差错直接裸露

不至于迷惑人们善良的眼睛

对书俑一直在岁月中

念着　校着

以唯一的目的体现纯真

谬误被击击打打

难以隐身

顺流而下的文字啊

以正确的姿态

向我们展现迷人的笑容

校书俑校过的那个夏夜

一定是星光灿烂中显露着干净的星星

那些个秋天也是不乱方寸

红的是高粱

金黄的　则绝对是鱼塘的波纹

校书俑很庄严

一如它们校过的书本

相貌端庄　线条直楞

他们的笑也是很难看出稀松

全神贯注地校

已倾注了他们几生几世的生命

那些石窟艺术

这种灿烂是深刻的
不会廉价地呼啸呐喊
静默的成分更多
有时更是折磨人的让人彻夜无眠

但这种艺术
融进了更多岁月的风霜和情感
它的严肃和热情
都让我们望而止步
沉吟再三

想起那些苍茫岁月
斧凿之声响彻群山
普通劳动者的手和他们累世的技艺
沉重而不知疲倦
寄寓的希望阳光般温暖
热汗流出来
也有血渗出心间

他们一凿一凿地雕着

有最原始的浪漫

他们也是一斧一斧地砍着

斧斧都带着生活的艰难

谋生的手段囚困着他们

他们的身后　时时会燃起烽烟

一窟一窟的艺术形成了

一窟菩萨有一窟光焰

一朵莲花

摇曳着　绿色无边

一代一代的匠人们

坠进岁月　坠下了高山

有的回家

有的死在了回家的路边

死去的白骨化为尘　无有怨言

这些石窟艺术啊

额角丰隆　浓眉大眼

他们的目光看向人间

他们想看最后一个石匠的离去

看随风的岁月挑着干粮

转过山脚　消失如烟

丝绸之路　飘向远方

谁也拦不住的一条路
飘向远方
这是用丝绸命名和比喻的
走向远处的人们
是为了生活　平平常常

此生一去
艰险密布　道路苍茫
狂风沙暴会骤然掀起
野兽会在深夜
放纵它们冰冷的目光

艰难中的丝绸之路
行走艰辛　脚步有时踉跄
太阳突然会丢失
月亮也弄不干净自己的脸庞
泉水珍贵得超过珠宝
骆驼的鼻响啊
会成为史上最美的乐章

不屈的人们走过去了
从这里　走出一路叮当
日子单调却是充实
不管是走出去还是走回来
想家的念头
一直在身旁

被叫作丝绸之路的这条道
充满传奇　风格硬朗
软弱的腿脚是不敢上路的
任何犹疑和趔趄
都会消减心中坚定的光芒
光是唯一的指引
会牵着人走
也会在熟睡中
将人挽进温柔的梦乡

给你一个 宁夏

纤柔的金覆面

覆在面上的金

会失去自己的耐性和韧性

绝不会长久寂寞在地下

辜负无数个阳光灿烂的暖春

那些速朽的面孔和虚荣

也应该速归于尘

渴望永久的留存

往往　会是愚蠢中最大的愚蠢

只留下这金覆面就好了
可以让人们去咀嚼曾失去的光阴
一寸光阴一寸金
寸金未必买来这金覆面的纤柔和轻盈

时间让我们避开什么
往往让我们显得力不从心
而岁月让我们与什么相聚
却又让我们受宠若惊
金覆面曾覆在谁的头上已不重要
重要的是　它一直牵扯着我们的眼神

不是想到死
而是想到艳若花朵的生
金覆面也是一枚蝉
鸣颤在风中
那时候的时光一定年轻
没有厚重
也没有步履蹒跚的沉吟
金覆面的笑亮光闪闪
绝对胜过那些时间氧化的脸庞
以及追求过多的眼睛

金覆面覆着曾经的崇荣
在地下沉默

并万分伤痛
不经意地
它已浸满往事
往事如烟　如梦

这一次的金覆面又满面浴春
是我们把阳光拿给它
阳光又亮又浓
金覆面不再想覆着什么
时间啊最好的流水
泳在这里　金覆面已是正大光明
尽管这个世界上有许多冒充金子的破铜
金覆面总是十分平静
它知道　不说什么
自己也是纯纯的真金

牛首山眺望

在牛首山眺望

可以收回我们的眼睛

没有外缘的牵绊

才能更好地听那片黄河涛声

涛声不老

也不年轻

就那样响着

它是时间本身

时间在一片土地上的停留或走过

都有自己的无声或轰鸣

这取决于在牛首山上眺望

取决于一种什么样的心情

牛首山的两头牛

正在河的两头对饮

它们的脚下

正是一片葱茏

和风吹过来

麦田和稻田里都会有一种气势奔涌

牛首山，位于宁夏青铜峡市南20公里处的黄河东岸。因其主峰小西天（文华峰）和大西天（武英峰）南北骈峙，宛若牛首，故名之。

人们并不排斥略有俗气的比喻啊

那样的生长　牛气哄哄

守着两头牛或被两头牛守着

其实　并不需要截然区分

反正牛和人和岁月是长在一起的

风水风尘风情

往往会是同一种事情

拆掉一头牛

牛首山有人们不欢迎的风

增加一头牛

绿色中可能会多一些阴影

牛首山这里是正好

一河奔流

两牛对饮

一块土地的肥沃与静谧

足以让人在这里

安心地呵护时间　繁衍子孙

灵武的那次登基

已经没有了强势的大唐之风
灵武的那次登基
李亨　无法松弛自己的神经

北方的马蹄滚滚而来
喧嚣在每一片树叶中
勤王的军旗像是喝多了酒
几分疲惫　几分惺忪

巴蜀的路途中正是微雨淋铃
贵妃的尸体死过后
马嵬坡　更加沉闷
已激不起更多的爱国热情

西部的夜色掩不住野狗的叫声
大唐再不是歌舞升平
大唐无法昂起激越的诗魂
大唐是军用地图的焦灼是简易沙盘的千疮百孔

灵武，古称灵州。唐代安史之
乱爆发后，太子李亨在此登
基，是为唐肃宗。

214

灵武的那次登基

权势又一次悄悄聚拢

利益集团护卫的剑已经别有用心

灵武不再是河边默默的小城

龙旗的飘扬使它短暂地享有了帝都之名

灵武的那次登基　肃宗

并不比桌上的粗茶碗更加平静

平静的笑是伴装掩饰内心的惊恐

一把龙椅的丢失引起多少英雄的眼红

纵是天下一统后

可还看得见昔日的大唐雄风

可还听得到教坊间那一片红裙绿舞的琵琶叮咚

灵武登基的时辰

肃宗觉得自己像盏很昏黄的油灯

孤独得能听到身上爆出的灯花声

六州胡　六州胡

六州胡啊

归降就是归乡

千年前跑散的时候

是惑于草原的宽广

跑丢了　跑到草原深处

更惑于那种风吹草低见牛羊

现在六州胡回乡

反倒不适应一种拥挤和喧嚷

那些草原们也已跑到远方

草原中的野鸭蛋　梦中

嘎嘎叫着飞　飞到天上

六州胡

六州胡有些水土不服

睡不惯固定的火炕

骑马转悠他们睡过多少草原毡房

酒喝进去了　天旋地转

太爽了　那样的飘荡

正好像牛羊飘到天上

孤独的拴马桩

独对了多少姑娘

六州胡曾经很少寂静

只要种族部落能不断壮大

繁衍生长

六州胡被聚来

在六个州的地方

这里促狭得容不下一个宽大的草场

千年习俗早已养育和骄纵了他们的自由放荡

有机会他们是想跑回草原的

啊　那里的天苍苍

那里的地　野茫茫

但六州胡住下了

时间慢慢改变着他们的放羊棒

梦中的草原慢慢稀释了

流走　水一样流淌

他们学会了种庄稼

并且种得像模像样

偶尔　还是会想草原

那里还有牧笛歌唱

风轻水软

没有什么能绑住鹰的翅膀

特别是那条钻入沙漠的清泉

一到春天

就会把一丛丛红柳

拱红在松软的土地上

一方陶砚

不排除这是一种自豪和自恋
用我们最诚恳的泥土
清亮的河水和热烈的火
烧制这方陶砚

造型似乎不太重要
只要有一朵花的摇曳
有风穿梭其间
让墨香四溢就够了
因为　这是我们的陶砚

被陶砚和它的笔书写的年代和时间

可以不显现陶砚的脸

后来的日子　人们

未必记住历经沧桑的陶砚

但这是当下

当下就在眼前

一方陶砚古拙地站着

芬芳而又伟岸

文化也已很拟人化

在空气中　挤眉弄眼

陶砚与我们相撞

燃起抹不去的灿烂

从结绳记事到书写

人类走得十分艰难

一方砚携着人的沉吟在黑夜

有时　真的是在想我们的祖先

在他们的聪明能达到的地方

用汩汩流动的水

滋润泥土　铸就璀璨

一方砚真的不算什么

但你想岁月

想想彻夜的辗转

想想一方砚浴火后

面对着它的笑容灿烂

你会觉得一切都不是那么简单平面

会丰厚起来

慢慢地　沁出一层又一层浪漫

一方砚在我们这里

它不是名贵的

可能名不见经传

但它却是我们的

在我们的热土中

为了等待我们

一等　就是千年

骑马的女陶俑

我们有优势来表现一种骑姿
因为我们紧邻着草原的风
风在我们脸上擦过的时候
正是秋天的一个早晨
那早晨湿漉漉的
滋润而年轻

有一个骑马而来的女人
却是一尊英姿飒爽的陶俑
草原在她身后不离不弃
她是没有羁绊的
没有被任何传统因素扯住衣襟

她有一双大脚
不是猜想　而是一定
舒展的脚掌踩在岁月的马镫
她和她的马以及那一俑的陶
都很踏实　无有惊恐
跑马是多么潇洒的事

而且可以任性
不会有一些专制的手伸来
来指戳她美丽的女性

她是骑着马跑来
姿态英勇
不管不顾的形态
让她满脸飞红

她跑在她那个时代
我们看着　看着那俑

唐徕渠缓缓流来

扫码听诵

给你一个宁夏

唐徕渠又名唐渠，始修于汉代。唐朝时为屯垦戍边，发展农业，以优惠的条件，招徕移民前来修渠屯垦，故名唐徕渠。

千年不改的笨拙流动
真的是千年不改初衷
捧着一轮夕阳悄悄而过
垂柳飘拂　长发迎风
啊　这醉人的塞上古韵

没有谁否认
没有谁说流畅不美充满病痛
疙里疙瘩不是它的风格
纠纠结结从来不是它的性情

它是缠绵的
缠绵而多情
在大地上的行走　深刻　穿过许多霜晨
经历了最炎热
以及最寒冷
这样的丰厚
会令人凝视　目不转睛
况且它养育了我们的祖辈

我们爷爷　父亲

我们没有理由不对它崇敬

我们的每一个细胞都有它的水声

它让我们活着并长大成人

我们愧疚的是习以为常的习惯

让我们常常不经意　不曾用心

从未对它表达我们的感恩

它还是那样流过

缓慢而平静

它知道自己是从汉朝来的

那时　平原上站满了劳作的古人

对一片土地的垂涎让古人们激动万分

古人凿出唐徕渠

有他们自己的愿望和初心

让一片土地布满绿色

并且　长出健康快乐的子孙

天下黄河富宁夏（一）

扫码听诵

不是轰轰烈烈的高亢
而是平静平常
被黄河滋润养育得太久
我们的描述
不会出格　没有夸大和荒唐

从高原而来的河流
储备着巨大的水量
千山万壑的奔涌它反而是寂寞
在这里　在我们的土地上
它开始了纵情歌唱
这片土地温顺善良
正是它最乐于安身的温床
它将自己的浪花飞洒开去
愿意洒遍每一寸地方

大地绿了
黄河看到了滋润出的希望
鲜花开了

黄河，宁夏人的依傍。黄河由南向北而去，形成了卫宁、银川两个平原。河水流经其中，流速缓慢，蜿蜒而行，为宁夏的灌溉农业提供了充足的水源。

黄河觉得有自己的气势和辉煌
滚滚人流沓沓而来
黄河认为　伟大的土地
就应该有庄严的脚　轰轰作响

岁月不屈
黄河千年流淌
天下黄河富宁夏是我们的感觉
也是黄河与阔大的时间
共同奏响的乐章

只是浇灌
只是滋养和成长
黄河岸边的稻麦也只有飘香

守着这金色温暖的水流

守着这无灾无害的臂膀

什么　都没有理由懒惰

不去蓬勃生长

天下黄河富宁夏啊

我们在这块土地上

为黄河为我们这长者的慈祥

进献自己的毕恭毕敬和深情歌唱

唱给一条宽阔的大河

我们顿感自豪　理直气壮

天下黄河富宁夏

宁夏已经是个有韵致的地方

一个民族的河流被一把搂过

并且　还有它的丰厚和安详

平原上的蛙唱

这些蛙唱

是唱在本质上

平原的气质被一嗓唱出

还有土地的松柔

以及头顶上的秋高气爽

蛙唱几乎是岁月本身

此起彼伏

缠绵悠长

从五月开始

才有了它们的音腔

按捺不住的激情被封冻

封冻在去年红叶飘零的晚上

变成虫声也没唱太久

露珠过后

地上覆着冰冷的寒霜

残暴的窒息禁锢

时间太久太长

它们几乎产生了绝望

但五月的温暖到了
自以为是的冷酷崩溃
它不可能永远为所欲为　肆虐疯狂
昏招迭出的冷风死得更彻底
没有任何的依靠和同情的目光

蛙在五月唱起来
一片马莲跳出土地
哼着自己的蓝调热烈开放
所有的水面上
蛙的歌唱气力充沛　格外响亮

最爱八月啊
平原上的蛙是对着池塘
那里有银色的月光
蛙唱此时韵味十足
许多人　开始举头望月
想起自己的故乡

最后的蛙唱
其实是蟋蟀在唱
每一声里都有蛙的情肠
蛙在平原这里

早已经历了秋风渐凉

平原上的蛙唱已是风景
正像五月的风中
不可取代的
沙枣花唢呐一样的飘荡

铺向天边的牧场

毫无疑问

这是夸张

天边在山外

大山在不远处

竖着自己的屏障

萧关啊　久已不冒烟火

通向天边的牧场

其实是缓缓地通向翠绿的山冈

最美的一幅画在这里

静谧　安详

草被山高高托起

草　又托起那些甩着尾巴的牛羊

在大山这里是厌恶战争的

日子用来过的时候

再苦　也会看到希望

阴谋　野心　压榨

使普通人千百年跪在地上

人们渴望着站起来

哪怕仅仅是站在这舒缓的牧场
为未来的岁月
放一大群哞哞叫着的牛羊

六盘山中的这片草场
一直高挂在某处山冈
草在岁月中绿了又黄
鲜花亦不知几度开放
这山冈的安宁是可圈可点的
它总是亮闪闪招引着我们
回望　望曾经的欢乐景象

仆固怀恩的背影

在灵武的某个黄昏
我们见过他的眼神
铁勒部的风格偶有闪露
多的是那种谋略和深沉

我们看得最准确的是他的背影
那背影上　历史吊诡且充满伤痛
他和一切悲剧的英雄一样
掉进兔死狐悲的陷阱
进谗的舌头迎风招展
八面玲珑也八面威风
他却孤单脆弱得像一茎酸枣刺
辩白自己　却无法说清

仆固怀恩，铁勒族，唐朝中期名将。安史之乱爆发后，跟随名将郭子仪入关作战，屡立战功，官居显位。后遭佞臣与宦官谗毁诬陷，举兵反抗。763年秋于灵州（今宁夏吴忠市灵武县）召集旧部聚众万人反叛，占据灵州重镇。765年，再次集聚吐蕃各部20万人马，直逼长安，不幸在鸣沙城暴病而亡。

曾经的果敢

曾经的忠勇

仿佛被谁撤换了场景

没有硝烟和厮杀

也就没有真英雄的剧情

一场大戏主角转换

那把龙椅猪一样地蜷缩在那里

表现着自己坚定不移的昏庸

宦官们再一次登上历史舞台

他们知道　在相当漫长的时间中

只要有黑暗

就会有他们离不得的嗓音

他们会用手上的媚骨

捏着蠢货的七寸

一直捏出舒坦的哼声

仆固怀恩输给了这种声音

自诩强大的脊梁被打翻

不值分文

嘲笑的嘴脸凑过来

抛下了冰冷的嘲讽

仆固怀恩走了

留下了一个苍老的背影

他是准备去死的

死成一个忧伤的将军
模糊的忠诚

我们还是在灵武　在听
听到了那个时代皇帝鸟一样的声音
轻轻一句
责任　推得干干净净

坚守灵州

从水洞沟的那个寒霜早晨
到果园城茂密的风景
我们跋涉了千百年
千百年后　我们在黄河边
有了自己的灵州城

灵州城被撕撕扯扯
大地上有太多伤痛
千百年的战马踩踏
灵州大地上的草每年都会倔强地站起
迎接迟到的春风
灵州城的砖石是可以说故事的
说岁月中漂流不定的城基
说来图谋复兴的肃宗
说为守城而死的人们

坚守灵州
这是每一枚箭羽的声音
失去灵州城

灵州，今宁夏吴忠境内。唐天宝十四年（755年）"安史之乱"爆发，灵州陷于吐蕃军四面包围之中，孤悬塞上，成为朝廷在北方一个重要军事支撑点。灵武韩氏祖孙在复杂动荡时期，坚守灵州，为中原王朝牢牢地把住了北大门。

祖先的故事无人传唱
敞开的土地上
会弥漫更多的血腥

坚守灵州城
城外的刀枪早已气势汹汹
但灵州这里就是坚守
祖先都在地下坐着
睁开了担忧的眼睛
失去了灵州城
我们都会四处流荡
最后成为野草　飘散随风

坚守灵州城啊
坚守我们的灵州城

《城盐州》所咏的那个地方

那个地方的占有
才使我们少了许多味觉恐慌
盐州城建起来的时候
太阳刚刚跃起在东方
新筑的盐州城泥土味四溢
有着最原始的芬芳
普天之下味蕾不淡
因为盐州输出的盐
味醇　体貌清爽

啊　那大片的盐池正对着一首诗
对着一个乐天老人的苦心和痴狂
对盐的嗅觉和政治嗅觉一样敏感
老人不愿再遇到战火的创伤
盐的微妙心中自知
他老了　幸福的感觉
往往就是那碗加盐的鲜汤
《城盐州》是发自内心的
发自内心的欢喜和歌唱

《城盐州》系白居易诗，诗人所吟咏盐州城在今宁夏盐池境内。因为境内有盐池而得名。

240

剖析也是流露在其中的
只不过是混合着盐州城泥土的清香

《城盐州》说的是我们失而复得的土地
有一缕长远的目光
为盐而筑一座城
保卫我们的味觉
保卫人类进化渴求的胃肠
失去盐州我们会很淡
以至于淡得有气无力
脸色肌黄

须弥山　桃花洞　岁月

它们是互通的
一个　是另两个的化身
须弥山成长的岁月
桃花洞的桃花
也为一座大山培育着浩荡春风
岁月离开了他们将无法存在
没有须弥山　便无有支撑
没有桃花啊
它会消亡　更谈不上鲜艳的滋润

须弥山
也是无法失去岁月飘在天上的白云
昏晨四季　山热山冷
时间正确的表达方式
是让须弥山有泉水的声音
有符号一般的月亮和星星
须弥山里有桃花洞
桃花是光影的变形
时间岁月凝固了

须弥山，位于宁夏六盘山北端，是一处拥有一百多座石窟的风景胜地。山中有洞，为桃花洞。

便是须弥山　　是它的抒不平的沧桑造型

它们是相互切磋
并且商量着并肩前行
走到今天
我们看到了一个组合的完整
须弥山有桃花洞
也有岁月的面容
岁月有须弥山　　有桃花的舞动
在一座山和岁月之中
桃花是妖媚的
从未失去过自己的红韵

古墩台　时间的疤痕

这里更像是搓揉
而不是战争
你来我往的互动
你跑进大漠深处
我久立在风中

一些古墩台建起来了
它们是古人眺望的眼睛
老老实实的古人抱着锈刀守卫
死在墩台后
无名无姓

这些墩台是寂寞的
我们并不喜欢它的激情进涌
那样是会冒出狼烟的
烟火窜动
又会惊起多少岁月中的马蹄声声
让它们瞌睡着最好
包括那些未朽的老兵

岁月的牙齿有着足够的韧性
撕扯着　咬着
某些东西　开始疏松

古墩台蹲伏在这里
奇形怪状　黄土夯成
一场透雨也会使它惊恐万分
它是和平时光的定时弹
最怕那只专制糊涂的手
做它无知的引信

时间的牙齿继续咬着
一寸又一寸
古墩台被咬得只剩下名字
听来　并不像是早年间
那么恐怖　那么吓人

胡旋舞　胡旋舞

胡旋舞啊

莫不是学秋草的模样

秋天最烈的风吹过来

聚草为团　旋转在大地上

那些个叫沙漠或叫草原的地方

提供了硕大的舞台

旋转自由

没有阻挡

恣肆地旋动

几乎有些放荡

胡旋舞

被人舞着　若荷　光彩流淌

一切线条都浑圆了

连那把彻夜不眠的二胡

都圆润得激情昂扬

胡旋舞就这样舞着

春草绿　秋草黄

纷纷扬扬的岁月过后

胡旋舞在喝彩声中
停不下自己的彩裙荡漾

胡旋舞　并不是胡人
刻意置放在沙漠或草原上
第一朵胡旋舞应该在山冈
那里有一朵花　在风中
捺不住透骨的痒痒
先是她舞动起来
然后　教人们随风而舞
并舞成花朵的模样

那种痒痒她并不教人
她知道　那是她的芬芳

怀远镇

我们无法保证怀远镇

一直温度正常

因为这里有不曾驯服的目光

野性的目光会搅动一切

有时　连深冬的冰雪也会微微发烫

怀远镇跑过太多马蹄

也有箭镞叮当作响

喧嚣的时代会暗淡许多东西

但冷兵器却有自己的光亮

这种光亮会助长野心

或某种疯狂

怀远镇属于羁縻吗

那条颤抖的缰绳不会那么长

怀远镇属于安抚吗

一个名字

不会消解战争年代的膨胀

给你一个宁夏

怀远镇，宋代镇名，地理位置
相当于今宁夏银川市。为当时
灵州河外六镇之一。

248

这是夜晚

怀远镇正在荒原旁

目光闪闪发光

它有着自己的夜不成寐

血液中的骚动来自旧日时光

怀远镇不用奔波

用不着去放自己的牛羊

岁月的繁茂让这里的河更加宽广

野性的大山已不再狂荡

草在秋天滚过

撩拨着牧人的歌声

一切似乎很安静

表现得很安详

但怀远镇还原成一个人

心计和城府都令人惊慌

找到一座山　一条河

他有了人生的依附和屏障

一缕缕目光拖拽他

他有着雄起的渴望

天西北有西夏

那里有党项族的彪悍
有他们更加彪悍的黑马
日夜兼程二百里　远方
又有一座城市被攻下
被攻下的城市泪血双流
西夏　正日益强大

西夏（1038—1227年），是中国历史上西北地区党项人建立的一个王朝，因地处西北，故称为西夏，国都兴庆府（今宁夏银川）。

追逐水草而来在历史的边缘行走却从不疲乏
青藏高原丢在了遥远的梦中
梦醒时分　已是贺兰山下
啊　贺兰山下可种稻麦
八月可听一片水声听奋鼓的蛙
贺兰山下可赏雪
雪落黄河　地理　足以王霸

天西北啊天高云淡的天西北
满山石头狼一样吼叫过
满川的草湖开出火一样红艳的花
天西北滋养了肥硕健壮的西夏

西夏的酣梦日渐强硬

弓箭梗直　枪刀挺拔

西夏人开始省崽

追寻祖先的血液高原的叱咤

忆记起生命中那朵骄傲怒放的格桑花

天西北有西夏啊

俯视中原试图坐大

西夏人在黄河边垂钓鱼虾

西夏人读宋人诗词赏汉唐菊花

西夏人在一次次胜利后横刀跃马

西夏人将自己的宗教信仰建筑成高塔

昂首云天意气风发

天西北有西夏

西夏的宫廷争斗是历史故事在讲话

西夏在自己的陵墓中保存了独有的文化

西夏的文字只有自己能念出声

西夏人冲进脚下的湖泊

捕捉月亮种满河滩的西瓜

西夏人打马上山的时候

众多的寺庙挂满了晚霞

天西北的西夏啊

天西北的西夏

元昊王霸梦

只要有扩张的土地
只要有盲从的人群
就可以做梦
一个王霸梦
一个帝王梦
一个被赞歌和口号怂恿
而不知天高地厚的领袖梦

李元昊，党项人。1038年，
李元昊在兴庆府南郊筑坛，正
式登上了皇帝的宝座，国号称
大夏（史称西夏），王霸梦想
成真。为固国基，李元昊于
1040—1042年，连续发动三
川口（今陕西延安附近）、好
水川（今宁夏固原东南及六盘
山地区）、定川寨（今固原西
北）三大战。王霸之战的完胜
令帝王私欲膨胀，致使飞剑削
象，国力渐衰，终致灭国。霸王
也成为王陵中的一抔黄土。

元昊的王霸梦从贺兰山出发
不停地扩张延伸
让党项的马蹄声响彻夜空
让黄河鲤鱼自动进出
为一个帝王奉献歌声
或者　让野性的漂亮女人为他献身
做流芳百世的私奔

已经不再满足安于一隅
不再将割据视为男人的成功
一梦到天亮的是遍野的征服

是血在流是刀枪轰鸣

是普天之下的叩首拜服

是沿途的箪食壶浆恭迎

是所有对抗势力的迎风而倒

是最低程度的天下三分

醒着的元昊也在做梦

梦封疆裂土的尊荣

梦血脉流传的万代子孙

梦一柄帝王剑雄性昂起

不倒　坚硬如身后的山根

啊　王霸梦

一整个的西夏王陵都是王霸梦的化身

晴时晒日

阴时浴风

一梦醒来元昊看到一剑飞来夺命

丢失的鼻子泣血呻吟

王霸不再　梦踪难寻

只有脸上惊恐的表情

泄露了遮掩不住的乱伦

血流好水川

时间　在野草上嚣响了千年

血　依旧流在好水川

流在那些无名的白骨上

流在秋风的呜咽里边

回不了家的亡魂

游荡在西部的大山

久久怅望中原

却不知中原已是旧时概念

大地缝合了伤口　血脉相通

中华骨肉早已相连

血流好水川　流在很久很久以前

以前的日子屈服于强权

刀枪驱使下的人死在了美丽的好水川

那时群山翠绿

那时山花烂漫

那时争夺土地只为了霸权

那时人命如一抔土一样卑贱

好水川，位于宁夏隆德县北。因西夏"好水川之战"而留名史册。

那时的政治是谁的拳头硬谁说了算
那时历史看到了过多的血
痛苦地背过身子转过沧桑的脸

好水川啊
哭满山涧泪水的好水川
徒有一川好水流过
留下满川尸骨满川鬼魂哀怨

好水川的血流着
从来不曾流干
深夜　所有的白骨再一次列阵
走下山冈后
怨声震天

省嵬城怀古

我们的土地上
丢失了军旗飞扬的省嵬城
以及《清明上河图》一样古装的人群
风中荡动的酒幌
许多词牌一样玲珑的家门

沉寂了　闺中少妇暖暖的春梦
喑哑了　三更灯火的进士功名
搁浅了　抱布贸丝的商贾熙攘
破碎了　晨钟暮鼓的诗意与风景

省嵬城，位于宁夏石嘴山市惠
农区境内。始建于西夏时期，
为守卫都城兴庆府（今宁夏银
川）安全而建。

一墙衰颓和坍陷的城门
是逃出劫难的幸存者
留存至今

读出土的铜钱纹
读出了锈迹斑驳的民俗民情
阅秃发的武士像
阅出一种时光漫漶的印痕

光彩依旧的玉碗中
我们窥见了曾盛装过的丰盈
倏然而逝的古人走着
带走了自己的背影

坐在风中的省嵬城
看碱花泛浪
看黄土翻滚
遂想起古代的春天
正月十五的晚风中
依稀的门头
亮起宋朝的红灯

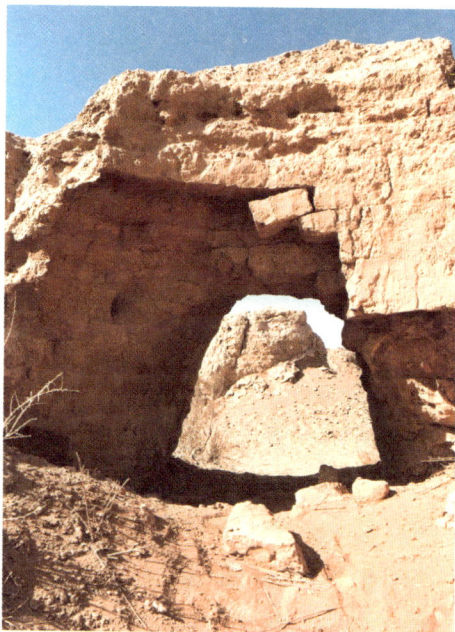

田州塔

所有的塔
都是一种攀缘
带着人的期望
最大限度地接近蓝天

蓝天一直很邈远
有许多神秘隐藏在里边
有几缕白云飘过
还有阴沉和雨水以及雷电
天的伟大
是一直在我们的头顶且高不可攀

建田州塔
就在田州的地面
有一些浪漫的追求
也有西夏人的政治心眼

对着稀疏的人群　田州塔讲法
讲佛法的崇高庄严

田州塔，位于宁夏平罗县姚伏镇。此塔建于西夏时期，田州应为唐代定远城、西夏定州城的俗称，故称田州塔，俗称姚伏塔。

田州塔立在那里

广大的田野就在脚边

河水流过的声音含蓄模糊

田州塔总能听见

看到无知的渔网咬着池塘

田州塔常会痛心地闭上双眼

站起来的那一天它就有了使命

劝人心纯正　人心向善

不杀不盗　合于五戒

做人　更不可痴贪

田州塔月圆的时候

一样举头望月

千家万户的欢乐

也正是它的心愿

望过几百茬庄稼

田州塔根基依然

它是有着宏大的站立

并不在乎琐碎的一石一砖

秋风中的拜寺口双塔

在久远的岁月中注视
看到了一个割据时代的消亡
看到了最初的硝烟和最后的战争
心　却是无垢无净的清净清亮
心的如如不动竟是这塔的历尽沧桑却无有沧桑

只有当下的伫立
伫立于秋天的万木器响
伫立于红红的秋色
伫立于温暖的夕阳
脚下的路漫不经心溜下山去轻抚小溪的脸庞
一川绿草也吞咽着山风
逐渐金黄

谁曾经的马蹄声急
谁那虔诚的进香
谁把阴谋带进塔边
谁离开时　身心两忘
啊　是谁的刀光在附近闪动

拜寺口双塔，位于宁夏银川市贺兰县拜寺口内，是保存最为完整的西夏佛塔，也是宁夏境内唯一的一处密檐式砖塔建筑，是中国佛塔建筑史上不可多得的艺术珍品。

是谁　放下屠刀匍匐在大地上

拜寺口
拜寺口的双塔与秋风两两相望
明净的秋水已是曾经的往事
那已逝的独木舟带走了情肠
也带走了红裙白衣的人间忧伤

拜寺口双塔是无语的
站立是唯一的存在
它是从不凋零的形象
蓝天之下它从未有片刻的恐慌
秋风是它从未停息的经诵
声声悠扬

冬天的第一场雪

拜寺口双塔从未粘连在心上

那冷冷的皎洁啊　有一串脚印

走在来时的路上

那是具足的缘分

是一击冷静的轻轻敲响

敲开古塔的寂静

敲开无所来亦无所去的曾经时光

番汉合时掌中宝

越过文字的障碍

一种语言穿透另一种语言

一张脸对应另一张脸

思想的契合会穿越一切

哪怕是人为的阻断

腐朽的栅栏阻隔不了辽阔的草原

巨大的墙体切断不了巍峨的高山

最无法隔断的是目光啊

人类的目光相连

终会使人性如花绽放灿烂

小小番汉掌中宝　掌中珍贵的宝卷

我的文字你会读

你的话语我能念

将那些高深的政治抛向一边

民间的交流从来就是坦露肝胆

三百里路一封家书

一本掌中宝　呢呢喃喃

番汉合时掌中宝，西夏文和汉文双解通俗语汇辞书，考古学家翻译西夏文的重要依据。

万不可丢失的掌中宝

丢失了　桥梁下只剩宽阔的河面

路途也只有深深的思念

将番汉掌中宝藏在我们的记忆中

交给春天　春天会念出溜溜的五月天

交给严冬　冬天念来一场瑞雪覆盖平原

交给历史　岁月会将掌中宝诵读得更加丰满

交给未来啊　时间在掌中宝的打磨下

终将更加充满实感

番汉合时掌中宝

不是我们握着它的残卷

而是它抚摸着我们的脸

读一块西夏文石刻碑

读在最深情的时刻　这碑

是一个最厚实的男人

在肥沃的土地上耕耘

才出朝霞又入黄昏

闪烁不定的影子是岁月恍恍惚惚的梦

眼望着黄河的波涛他热泪滚滚

感谢水流的灌溉和滋润

在这块土地上他有时是稻麦

有时　又是深秋时节高粱的粉红

被谁雕刻那不是他的事情
他的表现欲是对土地的热爱
留在黄昏　他不曾带走自己的身影

读一块西夏石刻碑
读到揪心处　是读一个西夏女人
我们叫她祖母
叫她母亲
叫她姐妹
或称她为情人
她的美丽和魅力是合二为一的
与我们的目光连接在一起　在深层
她是我们割舍不去的梦魂
在遥远的田野边
她摘花并举过头顶
她是花朵本身
让曾经的年代闪闪发亮不再沉闷
她的血缘或许不再党项
不再高原不再毛毛茸茸
但她永不丢失的故事却在这碑上
在这只可意会却无法读出声音

啊　读一块西夏文碑
或许读不出阔大历史的雄浑
只会读出锅碗瓢盆的叮咚

但会读出一个世代的民俗
读出岁月中不可替代的秘境

总有那么一天　这碑及碑上的文字
会变成我们
总有一天　我们被解读时
会让后人美丽地意有所动
想起我们　曾经读过一块沉默的西夏石刻文

卧着的西夏铜牛

那是卧在哪一个早晨

那个早晨的太阳在哪里

那个早晨是否是空气清新

苍茫的历史连同它的翅膀早已远去

贺兰山下啊　　只有陵墓却消失了纵马的西夏人

西夏人的笑被一刀斩杀

留下满川乱石黄沙滚滚

西夏铜牛，出土于西夏王陵的一座陪葬墓。宁夏博物馆的镇馆之宝。

卧着的西夏铜牛

失去了丰茂的水草安谧的夜景

连潺潺的水声也不知流到哪里去了

听这冬夜的寒风沿山而下

过黄沙渡进哨马营

一直巡游到黄河边的匈奴古城

那苍老的统万城

曾经的逐水草而居

曾经的王霸之梦

曾经的黑马夜袭二百里

曾经傲视中原的英雄纵横

承天寺的天空飘过一朝又一朝的白云

秋天夜幕下飞过的萤火虫

早已提着八百年后的灯笼

西夏铜牛卧着

时间的栅栏已将它笼成青铜或黄铜

那唱着西夏曲子的八音鸟啊

唱一匹马上彪悍的西夏男人

鼓荡随风的丝绸　隐约着西夏贵妇的丰润

西夏铜牛

西夏铜牛的眼睛

牛眼看人人是牛的神情

牛眼回望历史

西夏历史在牛与不牛间飘散随风

卧着的西夏铜牛

卧在历史的强大与无奈中

卧在后人追寻的目光中

强大　是万缘齐集后的其兴也勃

无奈　却是其亡也忽的颓如土崩

一只铜牛真的不多代表什么

只代表有牛的西夏人种稻种麦　人们农耕

人们曾从土地上走过

没有谁过多关注过一个王朝曾经的风景

只有牛在那里

说给我们一片土地的曾经

大水沟秋色

黄昏的时候
野花蓬蓬勃勃
古遗迹坦放在夕阳之下
溪水　从身边流过

在这儿的离宫
元昊王爱上了晚辈的春色
那春色　一如秋天的红叶
有着无法抗拒的赤裸

昊王的鼻子与昊王死在了愤怒的剑下
锋霜闪过
留下这数百年的萧瑟
哭声沉寂
伤口埋进了一段西夏文字
堆砌的角落

而秋天　依旧
如风儿般可触可摸

大水沟，位于宁夏石嘴山市平罗县崇岗镇西南的贺兰山中，是贺兰山脉的一条重要沟谷。西夏李元昊称帝后在此建离宫。

岩画上的绵羊也老于世故
寻觅着石头之外的草色

是在黄昏
遍地瓦砾加重了秋的寥廓
白云千载
群山沉默
一川乱石是赶不走的羊群
跑满了眼前的山坡

蒙古灭西夏

这是历史故事的连环画

翻开　就能翻出苍凉的秋风和刀枪的喧哗

浓浓的硝烟经久不散

血流在贫民身上

金钱却附着在贵族的富贵荣华

攻城的云梯昂扬直竖

守城的军械早已在无休止的宫廷内斗后彻底困乏

蒙古铁骑来自大漠来自无情的冲杀

天堑黄河已是坚冰可过马

飞蝗而至的响箭撕裂天空密密麻麻

一个来自草原的民族曾雪球一样滚大

青藏高原的故事还是昨天

今天　却被另一片草原的马蹄无情践踏

那良苦用心的文字改革

旁若无人的雄视天下

一本《番汉字典》念不尽省鬼的西夏

飞奔而来的刀剑掳掠妇人的婀娜杀尽男人的叱咤

一座祖坟掘出坟底朝天

乾定五年（1227年），在蒙古军队强力攻势下，末帝李睍出城投降，西夏正式宣告灭亡，历时22年的蒙古灭西夏之战落下帷幕。

274

天下再无西夏
天下再无西夏

到哪里寻找高原走来时的脚印
在哪里抚摸地斤泽的朝霞
哪里是白城子的黄昏
哪里是座座离宫沿山排列的夸大
元人屠城是要屠尽顽强的历史与文化
杀人是要刀刀见血是要不留毛发
历史的语言是强者说话
摧毁你的金碧辉煌
摧毁你二百年的苦心经营江山如画

啊　西夏
红蜻蜓捕捉不到的最后晚霞
历史捡不净的残砖破瓦

晚风中的西夏王陵

满身疲惫　夕阳下
几分忧伤几分昏沉
一个王朝最后的战争
那战争打完了全部的故事
只有这褴褛的废墟
这些回不了王朝的古人

从高原上走来的路
早已忘得干干净净
从草原上走来的脚印
也融化在风中
呼啸的西北风从不说往事
往事　已埋在了王陵中

巨大的土丘　感受到自身的压力和沉重
死去的白骨也载不动神秘的西夏古文
啊　那半男半女的雕像啊
直接用答案雕刻了神秘本身

在黄昏在晚风中纵目

看到这昏昏沉睡的王陵

碎片化的历史涌来

像脚下的芳草涌来了整体的风景

一个王朝的肆无忌惮

一个光明正大的暴政

阴谋堆砌在盛宴的酒杯中

太后专权　用女人的手段处理国事

外戚干政　依靠颤抖的家门

防范四周觊觎的眼睛

家的天下最终是这里是破败随风的西夏王陵

纷争两百年后是这王陵

苦撑两百年后是这王陵
留给后人评点喟叹的也是这黄昏这晚风
这枯骨支撑的西夏王陵

回不去的路正在身边延伸
挺立不起来的历史也在记忆中
一脉血统早已消散
谁是李元昊
谁是李德明
谁的承天寺
谁的黑水城
谁是最终的胜利者
谁能守住王朝最终的命运

只有王陵
只有这贺兰山下被风沙搓揉的西夏王陵

青铜峡一百零八塔

风中　只能在风中
那些塔才更加神秘
充满深韵

淡淡的晨风中
绿色的草具有西部的强健
伏下立起
展示顽强的生命

塔在远方若隐若现
一百零八　一百零八个庄严的面容
向所有的脚步走过去直到走进人的灵魂

一百零八塔没有分别
谁看到了　都是被撞击
撞击眼睛撞击心灵

黄昏的那段时光很精致
红红的夕阳正是塔的吟诵

青铜峡一百零八塔，地处宁夏吴忠青铜峡市，是始建于西夏时期的喇嘛式实心塔群，是中国现存最大且排列最整齐的喇嘛塔群之一。

诵《阿含》诵《法华》诵大乘小乘

一百零八塔

一百零八个住世僧人

有黄河的水流过直接流进自己的水声

有巨大的贺兰山在西边隐去

夜空中啊　响起警策的木鱼声

满山的寺塔涌起是在西夏

一百零八塔诞生的日子

只记忆在自己的记忆中

秋天的菊花最是虔诚

每天都举着自己追逐秋风

秋风的尽头　是人的脚印

一百零八塔拈起的那枚香

香满虚空

来这西部

不仅仅是来阅繁华看茂密的风景

来这里会有几分寂寞有淡淡的悲情

来这里不是为了众生的朝拜而是为了朝拜众生

所以是一百零八

一百零八的群体庄严庄重

错落有致的一百零八塔啊
一百零八的密密重重叠叠层层

一声虫鸣来自草丛
最茂密的风景覆盖了西部后
一百零八塔说一个地方的故事
说出了神话中遍地的青铜

党项人　走进岁月深处

在他们离去的地方

精心收集

除了那些男女混体的石雕

和破败的石刻文字

还有卧着的铜牛

以及七零八落的故事

也许他们的背影

更会让我们陷入沉思

他们的离去

与主动被动没有关系

一片土地割据太久

会有损大历史困乏的眼皮

文化习俗的割裂

也使他们的形象有些怪异

虽然有拼命的吸收

虽然试图拉近距离

但一隅土地太小

一隅　终归是一隅

党项族，古代西北族群，属西羌族一支，也称"党项羌"。发源于今青海省东南部黄河一带。

是辉煌离去

还是黯然退场

也并不影响消失

二百年的争权夺利

那些血　兵器

后宫　外戚

惊险的情节和某处很相像

推动着剧情

无情地

毁灭了他们自己

强弩之末的武力

最终会化为远处的观望

摇摆和狐疑

选择站队也成为了最大的政治

政治的终端和极致

又是简单的我活你死

苟延残喘

是故事的尾声和余绪

人在历史前是那样的乏力

根本无力改变什么

只是随它而去

走进岁月深处的西夏

其实　只剩下一片废墟

残砖碎片也只是留给了回忆

岁月深处的风很凉

一如当年高原那里

拢紧的胸口

总是无法抵挡寒冷的侵袭

郭守敬并未离去

郭守敬，元朝著名天文学家、
数学家、水利工程专家。至元
元年（1264年），郭守敬奉
命修浚西夏境内（宁夏）的唐
徕、汉延等古渠。郭守敬在宁
夏兴修水利，初心不改。通浚
的古渠延用至今，发挥着巨大
的灌溉作用。

并未走远　离去

这是郭守敬

穿着那个年代的服装

融进了我们留恋的眼神

脚下的流水汩汩作响

正是当年他的旧靴子

踏在土地上的声音

那时这片土地是凋敝的

遍野都是饥饿的寒风

废弃的沟渠四脚朝天

伟大的水流啊

怯而止步　在远方呻吟

兴旺的景象

早已无影无踪

郭守敬走向田野

土地上　脚步隆隆

绿色在他的身后

崛起　遍地生根

郭守敬的行走扎实而厚重

时间告诉我们

那才是真正的绿野仙踪

衔命而来的郭守敬

却有着自己的责任之心

暖热在土地　仿佛千年前来过

那时　他或许是一朵浪花前的沉吟

百年后离开又来

这里有他扯不断的梦魂

神神叨叨那是人们的留恋之情

他的眼睛里有水

有水流滋润一片原野的兴盛

郭守敬不曾离去

离去的是他疲惫的外形

他的灵魂一直守在这里

早晨和我们一起看日出

傍晚　送不老的夕阳隐进贺兰山中

有时　他也会跳进身边的水流里

用他的心

去测量这片土地的体温

凉殿峡素描

最好的景致会在一峡
在凉殿峡的夏天
这里是大自然最慷慨的赐予
完全可以说风景无边

杨木在这里
笔直如竿
虽然冬天在凉殿峡肆虐过
但寒冷却未使这里的杨树扭曲变弯
凉殿峡的杨树叶最喜夏天
夏天　它们就是一群捉迷藏的孩子
在阳光下　不停地
变换着自己的嘴脸

桦树最露彩的时段
是秋的傍晚
如果再有一些霜雪
那么　它们的风韵
更会使人流连忘返

凉殿峡，位于六盘山腹地浓荫蔽日的大峡谷深处，是六盘山国家森林公园的最后一个景点。

榆树那就是平常站来
蟠龙扭曲　银蛇蜿蜒
但老榆啊
老榆是正宗的西北大汉
最坚硬的石头最贫瘠的土踩在脚下
该开花的时候　照样红云烂漫

椴树　在凉殿峡
听起来　有些骄纵娇惯
它的风景有独特的声音
那是它自己的语言
夏天的绿色中它别具一格
因为辽东栎和青楸听起来很洋气
似乎来自天边
它们必须得保持自我
绝不让自己的基因有半分衰减
啊　箭竹
历史深处射来的箭
挺身而起
长在凉殿峡的地面
它的怒气似未全失
风中　可以听到树梢的呼喊

暴马丁香开的时候
凉殿峡自己也是刚看到山中的春天

百合和芍药竞相斗艳

啊　蒙古兔跑着

它们从不安静　惊恐无边

它们是从厨房和屠刀中溜出

并在自己的角落繁衍

那是数百年前的一个时间

数百年前它们是军粮

睁着绝望的双眼

狍子　知道自己的绵软

就像这里的金钱豹

徒有华贵外衣缀满金线

饥饿的时候它们也嗷嗷叫

是流浪的风

疯狂　步履蹒跚

啊　好看啊好看

红腹锦鸡正在一株山梨前

卖弄自己的肚皮和机关

它是偷吃了野生蘑菇和蕨菜的

吹嘘说自己能够吃遍品味一座大山

看着那些野猪哼哼唧唧

野锦鸡啊　眯眼

眯着的眼追逐一只犴鹿

跑进有野草莓开着的草丛里边

凉殿峡的夏天

一定是天高云淡

丢弃在峡谷间的一些遗石

是说有一些谋略和战争故事

在这里开会议事　和好　翻脸

不过那是很早很早

应该是数百年前

有一个受伤的男人来自山外的大草原

人们恭敬地叫他大汗

凉殿峡的夏天

最奠基的是那条山溪的眉眼

它的构建和欢笑

筑起了许多东西

特别是浪漫的风和花草的呢喃

开城遗址

这里　曾经
是开城遗址
曾经肯定有鼻孔朝天
虚张声势
虚骄的残砖断瓦也会告诉我们
这里更少不得吆五喝六
颐使气指

这里是安西王府
这里有着自己的权势

而今　却是遗失
权力的消失一直是个嘲讽
嘲笑当年的不可一世
安西王也是被前呼后拥过的
而今他走过的地方
只有黄土和可怜的贫瘠
遗址不会遮掩什么
阳光下它们撕开了自己

开城遗址，位于宁夏固原市开城乡。史载，元世祖忽必烈第四子忙哥剌曾驻兵六盘山，不久皇子安西王分治秦蜀，在开城设王府。1280年，安西王忙哥剌去世，忽必烈封阿难达继承安西王位。1287年，阿难达因皇权斗争失利被罢免王位，安西王府的使命宣告结束。

那些杂沓的野花

那种星星点点的潮湿

连吹过的风也是打不起精神

嗅来　有更多的有气无力

安西王曾经坐在这里

他睥睨的眼神盯着人们

显得格外神气

来自草原的野汉

不知自己是草莽的野汉子

只知道用刀枪博取

用刀震慑一切

用刀刃解决问题

安西王府

安西王府变成遗址

很让自己惊悸

得来的江山刚刚坐下

屁股还未褪去凉气

怎么就是江山易主

怎么会有更锋利的刀

带着更强烈的杀气

安西王跑了

丢下了一片遗址

苍茫的黄昏中我们看着

听到碎裂的元青花

在地下的醉后呓语

宁夏　宁夏

1038年，党项族李元昊建立西夏王朝，国号大夏。1261年，忽必烈设立西夏中兴等路中书行省，省城仍设于西夏故都中兴府（今银川市）。1288年降中书省为路，西夏并入甘肃，改中兴府为"宁夏府路"，这是宁夏地名第一次出现，取"平定西夏，使之永远安宁之意！"宁夏之名由此产生。

来自黄河的水流

布满了沟沟岔岔

最静谧的故事在天空

装点着夜色和盛夏

盛夏的沙枣花还留有余香

我们感受到了安宁

没有战火　没有灾难的喧哗

在每一方鱼塘我们都甩下了自己的鱼钩

坐在柳荫下

能看到身边随风扬起的稻花

啊　宁夏　宁夏

西夏故地的平安

或夏天舒适得令人潇洒

都使我们不虚此名

盛开得像一朵奇葩

我们在自己的河流平原和古峡

大山在身边

狙击着风沙

一片优雅的绿洲

让我们有些可爱的浮夸

爱着这片土地

不离不弃的确有些痴傻

但你是从源头走来的吗

你可沐浴过它的传说神话

这方水土养就了这样的骨架

连脾性也是不可更改的

憨直爽快　痛苦不怕

宁夏真的有一个宁静的夏天啊

风在绿色中是归巢回家

稻花香里簇着江南的鱼虾

宁夏是不用解释的

它接受不了别人对自己的夸大

平平展展地伸展开原野

让它的山巅挂一些晚霞

历史也从开天辟地说起

说地理隆起　土地胸怀博洽

说古龙有着巨大的脸颊

古木连天的岁月

这里不曾受到洪水的惊吓

连天累月的干旱季

这里只听到渠水哗哗

宁夏在岁月中
绝少争抢　不争所谓的大
但走进宁夏的人都停下来
在这里安下了坚实牢固的家
宁夏让他们安顿了
不再让他们浪迹天涯

宁夏是个好地方
尝过宁夏味道的古人和今人
都说过这样由衷的话

啊　那尊鎏金铜佛像

这佛像的脸

月亮般开朗

准确的表达

更像是太阳

除了圆满之外

它还有更多的温暖

和慈祥

造像者的手

在那个时光

充满虔诚

并不迷惘

它有着自己最真诚的寄寓

用自己所能达到的认知和思量

去塑造一尊脸庞

那脸庞是尊贵的

却和我们没有距离　没有两样

那张脸的亲切度

可以去抚摸　摸在手上
那温度啊　有人的温度的正常
那脸没有半点虚假和恐吓
表里如一
迸射着光亮

这鎏金的铜佛像
从未埋藏在地下
一直在人们心上
铸造它的人们或许想走捷径
通往自己的理想
但这佛像
还是不立文字的形象
仅凭一笑
就让一朵花开了
而且是自由开放

给你一个宁夏

在《引黄灌区渠系图》前

不管你听不听

它都是水声潺潺

不管看不看

七月的夜晚

都是流萤飞溅

这里是许多现实主义的渠

一丝不苟

绝不放诞

沿着正确的方向流去

一直流进碧绿的农田

田是先人们开垦的

就在历史岁月里边

每收一茬庄稼

就是丰收了一年

每一年的流水声

让祖先心态平静

感觉到安全

《引黄灌区渠系图》，此图长3.05米、宽1.17米。整幅图画气势恢宏，字迹清晰，主要府城、堡寨、闸房、桥梁、渠口及其县属道路等均有标注，各条干渠、支渠及湖泊水系跃然纸上。

渠系图是一群渠

在这里臂膀相挽

它们值过的那些夏夜

从不交班

蹲着　躺着　流着

是水流的自由浪漫

浇灌着　滋润着啊

黄河伸向四面八方的脉管

渠系图哪怕自说自话

也是摊开全身筋骨　在我们面前

在这渠系图前倾听

听不到伟大的呼喊

只听到蠕蠕的呢喃

渠系图也从不一惊一乍

线条向哪里延伸

哪里　就会有绿色翻卷

在《引黄灌区渠系图》前

恍觉一图是画　画着我们的历程和深深浅浅

我们在岁月深处的粗犷迈进

就是这些慢慢延伸的曲线

花儿漫开来

大地上最美最抒情的花朵

就是这种歌唱

苦难或许还有贫穷

就是它最好的喂养

它不需要过分附加

只是将心声唱出来

让它动人心扉

并且婉转悠扬

它是那些崎岖的山道

从山沟里拐出来

闪着眉眼　俏模俏样

它的大胆表白几近于疯狂

缠绵于它是不够味儿的

过于缠绵会有损衷肠

它的直白就是径直走来

爱你　不躲不藏

哪怕　你只有一盘简单的土炕

"花儿"是流传于宁夏、甘肃、青海、新疆回族地区的一种民歌。宁夏是花儿之乡，流行于银川地区与固原地区的花儿，最为回族民众所喜爱。

猫的尾巴会用来比喻

尾巴搭在锅台上

因为锅台　是最暖的地方

尾巴的柔软也使人终生难忘

因为花儿漫起的地方

有时　山风太硬太强

割掉头了　血身子陪你

这是花儿的平常

忠贞与不贰这里不说

这里讲的是这辈子过完

下辈子　还要睡在彼此的心上

花儿漫上来

花儿是蘸着血的情肠

站在这山头向那疙瘩望

三天三夜不挪窝

只为望见你嫩生生的脸庞

花儿漫过来

漫过高山　漫在平地上

花眼看谁谁都是花儿

嘎牡丹的姑娘啊

睫毛闪闪

花朵一样漂亮

花儿漫开来

没有花儿的角落

反倒显得枯燥而空旷

花儿有自己的绝招

伸手　专骚人的真情

骚那千年不变的

你情我愿的痒痒

口弦弦

吹在口上
却是心弦
呜哇呜哇地漾过来
半躲藏着一张娇羞的脸
一些情话是说不出口的
心事　在口弦弦

口弦弦最美是响在五月天
沙枣花香飘在其中
丝丝缕缕糯软香甜
情窦初开的少女
稚气未尽的男子汉
口弦声声
今夜相约
不见不散

响在八月的口弦
成熟　情调浪漫
口弦声雾一样飘着

口弦弦即口弦琴，一种流行于
回族、蒙古族、达斡尔族、鄂
伦春族、满族的簧片乐器。

给你一个宁夏

下面是金黄耀眼的稻田

曾经的娇羞羞成了一脸红韵

啊　口弦

两束目光

口弦相挽

已是冬天

口弦声密

从容果敢

大胆吹出的已不是犹豫

而是挡不住的思念

思念太久口弦声涩

眼泪　湿了口弦

口弦承诺

承诺　来年

会有一个爱情更加成熟的春天

贺兰山下的镇北堡

民情的民俗的那是后来
那时　它的基调并不高亢
它只是充满肃杀风味的营房
边塞的寒风时时袭来
墙边　竖立着不敢懈怠的刀枪

又是一轮夕阳快要落山
山与古堡　都沉浸在一片红光
机警的边界线神情苍茫
贺兰山中　那些打马而来的窥视者
多的是因饥饿逼迫　寻找食粮
霜雪过早降临草原
草原上的人们啊　泪血流淌

镇北堡在这里镇着
看着风沙起舞的地方
多少次梦中惊醒　侧身
听到山下马蹄声响
骑马的人

镇北堡位于宁夏银川市郊，是一座被遗弃于西部荒漠的明清时代的边防城堡。其时为防御贺兰山以北各族人侵府城（银川城）而设置的驻军要塞，因而得名镇北堡。

并不是想象的那样疯狂

夏天坐在绿草边

也会和守边者聊起家常

他们的儿女一早起身

放一群牛羊

走上草木稀疏的山冈

镇北堡　背东　西望

望着一座山　目光发烫

身后的军令离得太远

眼前　却是野草肆意

有许多空间　值得久久张望

康济寺塔的身影

那就是挺立

从岁月那头走来

穿越了许多往事

一轮夕阳下最是壮观

富丽堂皇　光色一览无余

站在平原上

用俗眼看　它有些孤立

但康济寺塔的风格风貌

却是无人能看破的一种姿势

标高挺拔

不靠不倚

存在时　它会说无所来

消失时　它会告诉你

亦无所去

不是从有形的那个时候说起

康济寺塔一直站在那里

从听到黄河的第一滴水声

康济寺塔，坐落于大罗山东麓的宁夏同心县韦州镇，始建于西夏，是一处保存较为完整的古建筑。其形制吸取我国早期佛教建筑造型特色，糅入党项、藏族的密宗仪轨习俗，是西夏人膜拜祷告的重要场所。

从看见大小罗山的第一缕翠绿

西夏时期　只是显了显形

接纳了一批虔诚的砖石

它知道一块平原的真正所需

知道谁都无法彻底破坏

它的根基

康济寺塔在这里

它觉得自己只需站立

就会使一切简单的东西

开始丰富　变得立体

中卫风光

前卫后卫消失的时候

中卫并不觉得孤单和心慌

有那么多的绿色铺垫

有黄河扭着秧歌歌唱

沙漠的啸鸣终有尽头

中卫对未来自信并充满希望

在黄河滩上种瓜

或将瓜种在多沙的山冈

中卫有自己的强烈攻势

它的甘甜和绵厚滋味深长

从来不怕占领不了盛夏的胃肠

况且　中卫的红枣也在那里

引领八月的瓜果飘香

中卫的秘方是饮黄河水

这母亲般的汁水啊

在哪里　都能滋润出一片芬芳

中卫扛锹出门的那一天

黄沙开始绝望

中卫，宁夏的地级市，位于宁夏中西部，有"沙漠水城、花儿杞乡、休闲中卫"之誉。

312

人进沙退　中卫脚步昂扬

撵走肆虐的风沙

中卫

让绿色音乐般飘荡

中卫知道自己叫中卫的时候

中卫打过许多仗

历史的遗存使岁月丰厚　传统优良

但中卫更想面对未来　胸襟开放

有了心事

中卫会回头一望

看见祖先冒死奋进　守卫边疆

血液骤然激情

中卫　更珍惜自己能扛的肩膀

静夜春深

天上　是一轮明亮的月亮

一阵低鸣传来

雄浑雄壮

中卫一笑　视如平常

久远的岁月遇到今天的日子

沙漠音乐　才这么绝唱

沙坡头　遥远的绝响

与我们相对的那些沙
千万年地流浪
它们是属于吉卜赛的
不会定居在一个地方
扎根下自己的帐篷
它们的小提琴只有在时间那头去听
那边　黄沙
映照着宝石般的夕阳

沙坡头啊
是沙流浪到头的地方
让金色的沙漠停下脚步
躺着睡着
听一条大河回环流淌
硬挺的风吹过来　扬沙
只能打在自己的脸上

沙坡头的沙停下来
却没有停下自己的歌唱

沙坡头，位于宁夏中卫市城西
16公里处，是国家首批5A级
旅游景区，是宁、蒙、甘三省
（区）的交接点，黄河第一入
川口，是欧亚大通道、古丝绸
之路的必经之地。

吉卜赛的基因和风格　入骨

使它没齿难忘

月色下或阳光下它都歌唱

轰鸣细柔的声音

都使那些远道而来的耳朵

心旌摇荡

在沙坡头这个地方

黄沙发现自己脚跟坚定

立定后　就绿草轻漾

湿润的水爬过来

爬在它的肚皮上

沙坡头痒痒

一笑　沙漠唱盘

乐声悠扬

沙坡头啊

久远的绝响

来到一条大河旁

大河人家夹在胳肢下的麦草

轻舒开来

就把它们治理得四四方方

庆王朱㮵的某个黄昏

这是过了夏天

秋天的某个黄昏

望着窗外的朱㮵

看到　塞上已是秋意朦胧

一些湿气渐渐褪去

他不感到风湿缠身

在韦州那里多好啊

那里没有惊悸　只有好心情

百无聊赖的王爷生活

却让他感觉到一身沉重

金陵是越念越远了

紫禁城里的心思很深

客客气气的御旨端端正正

但他听来　却是冰冷

冷气逼人

对一个地方的感觉

往往会让他聚拢眼神

朱㮵，明太祖朱元璋的第十六子，明代九大攘夷塞王之一。1393年就藩宁夏（今宁夏银川）。

这里绿色日渐繁茂

这里在最燥热的日子

会有丝丝不绝的凉风

黄河不会惊扰岁月

天空啊　无云

一天碧蓝　使人轻松

秋天的黄昏　有雨

洒在敞开的前庭

庭中的花朵格外肥艳

好像不亚于繁华的都城

边境那边的瓦剌听来唬人

但雷声大雨点小

多少年不见过大动静

烽火墩台苍苍欲老

地面上的人流渐渐多了

他们种出了越来越结实的年景

庆王朱栴坐在黄昏

眼前的一件事让他十分开心

新修的《宁夏志》就在手边

为此　他干得十分真诚

人物济济不和繁华处比

但塞上风流

也是楚楚动人

新刊书籍的墨香味淡雅可人
润肺润心
朱栴得意
有可爱的得意忘形
用最尊贵的形式整理民风民情
其心可嘉
其功德　足以打动鬼神

朱栴坐在那里
他的胡须
有了一些轻柔的飘动

镇河塔　镇河塔

镇不镇河
这是可以还给古人的问题
我们的注视
也不是刻意的回避
只看檐角斜挂的红日通红如宝石
我们的心便动荡了
心醉神迷

镇河塔，位于宁夏灵武市。清
康熙七年（1668年）始建，又
名东塔，是中国黄河流域滨河
城市唯一的镇河塔。

镇河塔的矗立
有最原始的目的
但跨过岁月的镇河塔
便与一条河拉开了距离
塔在这里原地不动
河流啊　却有自己的自由摆动
顺流而去

不去苛求一座塔
真的不必那么刻意
塔边稻田的香味

溢出了拢不住的碧绿
谁敢说那不是一塔一河的相互揉搓与心计
一座塔啊也是在大地
寻找自己最终最美的定居

流去的时光与河流
一定是带着一座塔的柔声细语
站在这里的塔
心中　早已空出了一条河的位置
失去与此在　只是我们的心动神移
这里站着的与流动的
原本不分彼此

给你一个
宁夏

宁夏镇（片段）

这个名字你听着很小

是因为没有听过它的万马奔腾

它的古迹遗存风格很硬

也影响了它身边的人们

这里的爽直不打折扣

就像笑容

干干净净

宁夏镇，明代"九边"之一，军事重镇，为防止残元势力卷土重来所置。治所在今银川市，镇守地区为今宁夏北部黄河沿岸一带。辖宁夏、宁夏中、宁夏后等卫，兴武、灵州、韦州、平虏（平罗）等所。

贺兰山是面对未来隆起的

不到成熟的时候

它愿意自己默默无闻

趴着躺着它都是乐意的

哪怕受到风沙欺凌

但宁夏镇在这里打马跑来

气势威武　虎虎生风

宁夏镇甲光闪烁

跑动在边境

戍边的老军留下来

他们习惯了宁夏的温情

养育儿女他们扎下深根

宁夏是个好地方

这是嘱托　也是祖训

宁夏镇啊

有自己的军事色彩

色彩鲜明

一连串的地名与战争相关

在岁月中挺立

不改初衷

宁夏镇是守着黄河的

失去了什么或都可以容忍

但不能失的是平原的翠绿风景

和大河两岸不可动摇的安宁

一个叫固原的地方

岁月用最轻柔的飘拂

给这个地方裹满包浆

用心去触摸

会摸到云烟苍茫

哪怕是无意吧

也能感受到那些旧城墙

有余温　有激情微烫

汩汩而来的葫芦河

或者是老龙潭的清亮

使这个地方闪闪发光

久远的目光还是守护者的目光

望尽风沙

望着每年一茬茬绿色爬上山冈

冬天啊　大山的寂静

足以让炊烟随风飘荡

夏天的欢闹来自于山间松风的喧嚷

湫渊在山顶水声铿锵

牛羊走下来

走进一片绿草的兴旺

这个叫固原的地方
关起门来即是屏障
曾经的羽箭飞过
带给它旧时创伤
但它在城楼上久坐　瞭望
它的瞭望是真诚的
责任心极重极强

固原这个地方敞开城门
大地相连　更加宽广
萧关变得古貌苍苍
只留给了凭吊和瞻仰
留给了岁月久久的凝望

固原不老
只要它的花儿开在喉间
情深意长
固原也不会朦胧
天高云淡的氛围会是意境
带给它更多的爽朗
固原啊
这个地方

花马池的那匹马

我们真的是喜欢这种浪漫

在时间深处　在苇草间

一匹或一群彩色的马

闪动着它们的光斑

只有目光才能够得着它们

我们的手　一直离它们太远

浪漫的花马

在阳光中闪现

雨中也是来这里

颈项朝天

风中的姿势最是好看

扬起骄傲的头

嘶鸣　呐喊

花马不来的时候

我们并不感觉到受骗

这马是来提升一池水的

顺便　也让那些苇草挺拔在秋天

花马池，今宁夏盐池县城。由大明宁夏总兵官史昭于正统二年（1437年）春所筑，是塞北历史名城。

闪闪烁烁是告诉我们
它们确实走到我们面前
它们是闪着盐的光彩
让盐的真面目
在阳光下五彩闪现

真的　我们可以耳听花马
用心去品味我们的盐
一池秋风　又是絮语
花马来过
在盐和我们之间
做了一次美丽的穿针引线

长城关 埋在历史中

这残留的

反倒是长城的倒影

真正的长城关在历史中

面对我们

久久沉吟

地上的长城

可以是伟大的象征

也可以是伤痛

伟大是我们可以向更大的领域

做伟大庄严的宣称

而伤痛

则是人为的割裂和无能

隔绝了温暖的拥抱

使许多东西变得冰冷

长城在这里竖起时

压倒了一切杂音

它是整齐划一的

长城关，位于宁夏盐池县城北，是明长城千百座雄关中唯一以长城命名的关隘。1531年，由当时总制陕西三边军务的兵部尚书兼都御史王琼主持修建。

在一块土地上缓缓延伸

和平交流的目光却而止步

岁月显得沉滞郁闷

巨大的威胁被塑造了起来

惊惧变成了惊恐

怕那些滔滔马蹄破关而入

怕掳掠又会撕碎多少家庭

长城关在这里

这只是它的倒影

冰冷而缺乏热情

它是在通关的那一年

长出一口气　气贯全身

它是随历史而去

只留下夕阳下的砖石

让我们珍惜那种坦荡无垠

用非长城的思维

去考量喧嚣的曾经

红果子　枸杞子

在我们到达前

它们就在秋天

红火遍地

沿山冈上它们迎风招展

洼地

它们落下了累累果实

我们的手够着它们的时候

这里　人烟日渐稠密

啊　红果子　我们叫它枸杞子

春天　它们迎着漠风

绽放自己的绿叶

炎热的日子　它们聚拢酝酿

酿出了最好的蜜汁

我们听过它的宣言

正是在夏末秋初的夜里

它们将以药草的形貌

潜入人的身体

让它们温暖的柔情蜜意
养生我们所有的日子

红果子啊枸杞子
它们是从野山而来的一丛
最终遍布我们的土地
很少听到它们的喧闹
只是安静地长在土地里
最冷的风也摧毁不了它
在最早培育自己的耐力时
它们就与严寒约定
可以共存　并且不离不弃

马政里 马在飞奔

一匹马或一群马
跑进呆板的公文
会被念成马政

马却是生龙活虎的
跑在岁月中
摇曳的草绿色涌动
啊 夏天
夏天未尽
马已是抖着肥膘
仰天嘶鸣

马不知道什么叫历史
或不屑过问
低头啮草的姿态
总让人感觉很温顺
但我们突然想起的战争
因为马的存在
而毫不松弛节奏紧绷

马政，封建时代国家出于政治需要，采办、牧养、骑操、使用马匹的一种管理制度。明初，宁夏北部因水草茂盛，是重要的牧马地区之一。明正统以后，宁夏牧马重点转至固原一带。经太常寺卿杨一清督理马政，在固原一带，筑城堡、置马厩、修营房、建公衙，为明代牧马、用马提供了有力支撑。

马大踏步地冲击

或跌进充血的尾声

都使进攻与守卫

充满悬念和血腥

呵呵　马政

与鲜活的马相比

只是一连串疲惫的呻吟

但马政的切割与谋划

却使无数的马套进了牢笼

马的眼神是马政驯服的

马被输出一片土地时

马政无动于衷

马政里　跑着一群马

蹄下是绿草葱茏

肥大的六盘山高高耸立

套马杆融进黄昏

最顽皮的小马啊

从不理睬什么马政

翻滚在草地上

目中　只有河的涛声和背影

平虏　平罗

感谢我们的舌头

感谢岁月本身

磨磨蹭蹭地划过后

我们获得了舒展和从容

一条界线消除前

早已松弛朦胧

没有谁再过多计较太多的仇恨

平罗啊绝对比平虏好听

打马跑来虏与我们融为一体

血脉相融

以邻为壑的日子弄乱我们的心

蒙蔽了许多眼睛

官家打仗

却死去了许多百姓

虏势滚滚而来

多次攻破伤残的城门

强虏退去的很长时间

我们依然胆战心颤

平罗，属宁夏石嘴山市。原名"平虏"。明代在此筑平虏城，取"平定胡虏"之意。清朝初年改为平罗所，雍正二年（1724年）置平罗县。

美丽的融汇

首先来自美妙的语音

虏在舌头上消失

罗啊　罗是可以收罗温暖的眼神

念成平罗

庄稼更加油绿

没有那么多惊恐

渠水流进土地时

开始了全心全意的滋润

一腔音韵我们念得嘻嘻哈哈

平罗没有平虏那一说

这里　早已是没有仇视

风平浪静

北武当庙的钟声

有一些时间之外的东西
并不携带外形
比如北武当庙的钟声
钟声在一轮夕阳中
沉郁而带着神韵
穿越岁月而不离岁月本身

钟声细碎
会成为檐间的铎铃
有几分笑意 也不沉闷
它们与风商量了什么
只有飞过天空的燕子
可以说清

浑郁的钟声是在傍晚响起来的
山道上 走去了最后一个人
晚祷的声音袅袅升起
一座青山
在韭菜沟里收割了韭菜

北武当庙（寿佛寺）是一座
儒、释、道三教合一的古寺，
位于宁夏石嘴山市贺兰山东麓
洪积扇上。史上有"西夏名
兰、山林古刹"的美誉。始建
于盛唐时期，清慈禧太后曾钦
赐"护国寿佛禅寺"。

在归德沟中
肩起了苍茫的长城

流水是后来我们的摆弄
让一座古寺可以听到水声
以前的干渴会烦躁一树知了
喋喋不休地聒噪
会吵碎淡淡的黄昏

中秋的那一夜
一座寺庙和一架山
都很安静
小和尚想家
也不是不可原谅的事情
家中的那棵庭树啊
红枣饱满
想想　就很香醇
但小僧人
还是留恋那阵钟声
钟声没有宣扬和解说
有一条直达的路径
直通心灵
就是一击浑厚的钟声
直截了当
毫厘分明

平罗玉皇阁

这是让我们看到道

道可道却是无言

玉皇阁在这里

已过了许多个春天夏天

不惊不懈不疲不倦

它是有一口深呼吸的

那是岁月中的淋漓元气

只一口　轻吐轻纳

收放自然

平罗玉皇阁内视

可以看自己的脸

脸上有阳光也有云烟

飞檐走势

原本来自一个渴望平静的心愿

但不平静却是常态

因为这是纷繁喧嚣的人间

人间确实纷繁

不是一炷静默着的香那样简单

平罗玉皇阁，位于宁夏平罗县，始建于清光绪元年（1875年），是宁夏规模最大的古建筑群体，也是西北地区最大的道教寺庙之一。

人间的路走着
有平顺　更有许多崎岖艰险

不是穿越
那是被岁月不停地洞穿
玉皇阁有时觉得自己是透明的
过去的一切仿佛都飘动在今天
而今天的容颜
却是旧时岁月中曾经闪现的沧桑浪漫

钟声来自悠远
却一直年轻而新鲜
悠远又是今天的访客
走回去的路
从来就在大门外边

站在玉皇阁的顶层
极目放眼
万事万物都在说法
却没有多少人听见
稠密的市声天天嚷来
蔬菜一样多汁饱满
熙攘的脚步被生活缠绕
实际行走　从不虚泛

玉皇阁确实需要一处安静的地方

在夜深人静的时候

在那不引人注目的偏殿

抗逆孤忠

童年走来的路上
总有一些长髯飘拂的叮咛
叮咛听话
叮咛为人实诚

现在是站在一座孤城
城外到处是喊杀之声
攻城的梯子爬过来
得意忘形
守城的人一边守着
一边眼望远在天边的朝廷

其实　那时的朝廷很狗日的
腐败昏庸
江山社稷弄成了烂摊子
大地上　到处都是失望的眼睛

但　还是要守城
为了身后眼巴巴的百姓

萧如薰，延安卫（今陕西延安市）人，明朝将领。万历二十年（1592年）春，哱拜、刘东旸兵变，萧如薰在无外援的困势下奋力坚守平罗城，因平叛有功升任宁夏总兵。朝廷赐匾"抗逆孤忠"。

来自草原的叛乱气势汹汹

政治　在这里再一次露出了裸着的屁股

天高皇帝远　拼

就拼谁的拳头更硬

啊　抗逆孤忠

我们只能在注解中读他的详情

在这里只看他拉弓的手

和那双喷火的眼睛

身后的百姓有多少期待

只要他的挺立存在

哪怕　是不屈的背影

一城的人民是愿意与他共存的

为了黄河边的庄稼

为了秋天浓郁的风景

抗逆孤忠从不在乎迟到的那块匾上

有没有昂贵的花纹

站在土香土色的百姓中

他们的脸给了他温暖

也给了英勇

活着的目的只有一个

坚守　守着一座小县城

后来的故事

有着中国式的圆满尾声

后来　抗逆孤忠和城里的百姓

最终迎来了安宁的黄昏

起自草原的暴乱崩溃

消失在呼啸的风中

抗逆孤忠傲立城墙

拢着妻子手工缝制的披风

伤心的往事带来惊恐

想起太多　会引起强烈的头晕

孤注一掷　只为一城父老乡亲

他们是与他一起行走的

共同构筑了格调硬朗的西部风情

蜿蜒的长城在说话

这些蜿蜒的长城

在一块土地上　一直轰鸣

它们的话语风格独特

硬朗而坚挺

在自己的语系中

土质肥厚　造型深沉

长城是用来阻挡的

阻挡那些马蹄汹涌

秋天让它们吃自己的草

严冬　哪怕它们冻死了自己唯一的一盏油灯

我们的土地是用来长庄稼的

并不是供给那些窥视的眼神

长城又是连接的

让长城两边的目光

不约而同地望向长城

长城内外都孕育着自己的风景

辽阔的大地啊

我们恨长城爱长城

时时注目长城

蜿蜒的长城会说话
它们有自己独特的语音
雄踞山巅的
听来　像咆哮的山风
伸展在平原上的
我们可以听到岁月的伤痛
从坍塌的碎裂中
可以听到白骨的呻吟
在龙势矫矫的那一段
听着　听见从未失去的激情
激情奔涌

会说话的长城啊
有时俯下首
也在倾听
听到历史无语
默默无声

塞上吟咏　情深意长

塞上吟咏啊

情深意长

诗人们面对的是别样的风光

渔沼里的鱼很不安分

进出来　银光发亮

阴岭上的积雪

给他们带来许多想象

大雁飞过的秋天

南来的人　开始思念家乡

塞上吟咏　在不起眼的小店

可以朗吟得富丽堂皇

田野上的五颜六色

足以让大地有些可爱的嚣张

你在江南的冬天潮湿难耐

塞上啊　诗意的火炉可以烧得更旺

塞上吟咏　可以吟到黄河鲤鱼

它们在岁月中长得又肥又壮

它们和金色的稻麦一起

赢来了鱼米之乡

流水早已驱散了亘古的荒凉

骆驼们可以走动

但大多是在山那边或诗句中

摇响它们的铃铛

塞上诗咏　朗朗上口

在美丽的民歌簇拥中

随口　可以开唱

唱情　唱意

唱思夫思情郎

唱一溜溜酸曲

也没有谁指责淫荡

塞上诗咏啊

也有明月夜小轩窗

可看十五的月亮

可嗅秋天的瓜香

最不敢触及的是迟到的春天

让诗意春情萌动

诗情痒痒

遇山吟山的朗润

遇水唱水的流淌

看到一朵马莲开花

塞上诗韵会夜宿

嗅那淡淡的芬芳

美丽的方志

它的风格是话不多

而且只叙不议

某种时刻　它是最前端

风来　它记一笔

雨去　它记一笔

风调雨顺的年景迎风招展

它不记喜悦和欢笑

只记最丰收的数字

记山的体格大小

它记得精准严密

记一条河

岸边的芦苇它会放弃

但我们却可从它的记载中

读到一条河最准确的长短粗细

方志　很美丽

一块土地的嘱托

往往不是粗声大语

宁夏第一部方志是由明朝封藩至宁夏的庆王朱栴主持编撰的。此志详细记述了宁夏地区从元朝末年至明宣德末年的各项事业和各方面大事。

而是用它的花香濡染
用它坚韧的草绿
让一种文字蠢蠢欲动
最终　按捺不住自己

新刻的方志在这里
记下了峡口的水声
也记下了平原的温情和柔蜜
记得最好的那一刻
是记下了宁夏的名字

宁夏的方志字正腔圆
对得起祖先的事迹
也对得起山川地理
他们的笑隐藏得很深
找它　会找到许多汩汩的水渠
它是从不添油加醋的讲述者
说来的往事眉清目秀
严谨　没有絮絮叨叨的多余

水木时光

除了水在流淌

树木也是绿色荡漾

日夜壮大的城市有自己的构想

湖城是可以叫的

湖是从贺兰山而来

来时　带着自己的船桨

宁夏银川自古就是一座园林城，明清之时乃至更早，宁夏银川城就掩映在一片绿色水光之中。

慢慢露出的土地

给人们许多干燥的地方

挺拔的承天寺

已是身披夕阳

海宝塔的诵经声来自魏晋

水流步入自己的轨道

流出丰饶的地方

让树木茁壮成长

啊　水木时光

水木时光是吸引我们

不让我们过多回望

望见粗糙的岁月

我们会惆怅

望见祖先的艰辛与可爱的笨拙

我们会心事浩茫

望见水洞沟的秋风啊

我们久久矗立　体温微凉

这是水木时光

千百代人从荒凉中走来时的期待希望

虽然树木长得很慢

但它细密芬芳

虽然绿色漾动得不算太长

但它在热热烈烈的季节

却有着无法置换的悠扬

而且水声来得那么绵软

直接有益于一座城市的成长

水木时光与我们隔着路程

但我们看到了它的兴旺

土地包含水分

再加上天空中的阳光

一座生根开花的城市

总能让我们回头观望

读书声飘响在空中

从咿咿呀呀

到声若洪钟

你都可以听到读书声

读书声飘在空中

尊贵而诱人

一块土地的成熟

不仅仅是涌现大面积的风景

而是风景中

还有琅琅读书的声音

这些声音整齐　稳定

不受惊扰

仿佛枝头上的鸟鸣

圣人们被念得远道而来

在空气中　张开了他们的衣襟

他们的胸襟坦荡率直

也有陈腐和自矜

读书声飘动在空中

时间懂得了早起的五更

和开怀朗吟

一抹天亮蹒跚来迟

开门　已是声声入耳的四书五经

唐诗宋词也在这里念

念元曲念出的舞台铁骨铮铮

私下背地里开一卷新书

《水浒》英雄有鲁莽的反抗精神

啊　遍地书香

让一片土地推开懵懂

循规蹈矩的书院立在黄昏

黄昏也是念书的

最爱念夏天那片幽幽的红云

旧时书院

旧时书院
其实就是从前
从前的时光围墙极高
有许多局限

穷人是走不进去的
书院不接纳破衣烂衫
钱在这里潜移默化
尽管长髯的老先生摆手说
不谈　不谈

旧时书院多是富家子弟
琴棋书画　高调浸染
旧时书院专心致志地背书
可背出李太白的明月和窗前
旧时书院的脸一般很板
业勤于精荒于嬉
荒嬉会吃先生的戒板
旧时书院开蒙不启蒙

明清时期宁夏有多所书院，如揆文书院、朔方书院、维新书院、银川书院、灵文书院、钟灵书院、归儒书院、又新书院等。

拿一些四书五经给学生念

孔子的嘴唇肥厚

庄子秋水泛滥

孟子不在书本里边

讲民为重　君为轻

早已让先帝厌烦

情绪来了　老先生会讲对子

讲大地对长天

秋天的雨后

旧时书院慢慢繁衍

读书的声音　听来

神圣不可侵犯

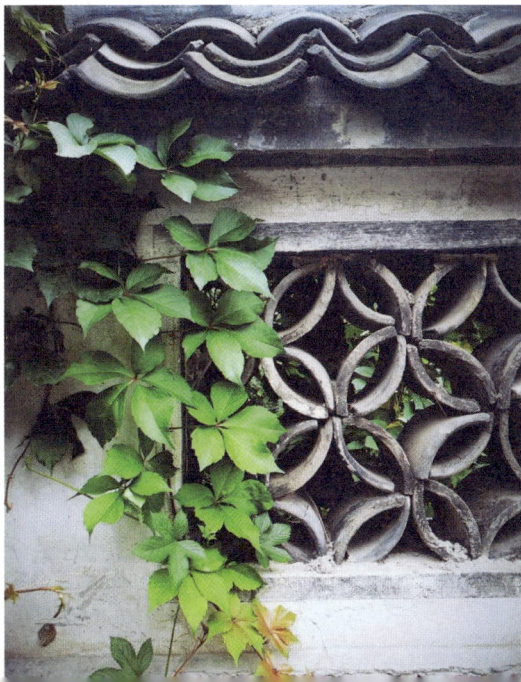

手工艺术啊
来自于勤劳的手

手在成熟的时候
起舞　花样浪漫
手工艺术
在手中轻盈盘旋
盘旋于韧性的五指间

这些手从降生到死去
一直陪伴着时间的娇艳
最严酷的时刻
手的挣扎与探求
也足以让我们肯定和惊叹

手在这里
手工艺术会是线条的丝丝绵绵
柔韧绽放
令人眼花缭乱
这种起舞是时间本身的灿烂
更多的僵硬闭固被打破
美丽因美丽本身而自由盘旋

然后是那种浑圆

在手工的磨制下光滑而舒坦

触摸上去的感受

仿佛触及了时间的呢喃

温润　自然

不再是尖峭

不再是刻薄的极端

于是凤凰飞了

姿态婀娜

色泽耀眼

跳动在草原上的羚羊

激活了一片草原

顽固的旱烟锅从传统中走出

最终却以新的姿态

进入传统里边

手工艺术低声柔媚

没有喧哗　绝少欺骗

一刀一刀刻下去

手很庄严

一线一线连接起来

手也是不敢厌烦

手的无穷价值说来话长

从第一缕的取火

到缝制兽皮御寒

手工艺术来自于手的勤劳

来自于不甘平庸的浪漫

天下黄河富宁夏（二）

千里万里传来的
是这样的感叹
一种平朴如话的艳羡
天下黄河富宁夏
黄河在这里自由舒展
它的手掌是轻柔的
从没有将丰收的年景打翻
也没有让它的洪水横流
洪水滔天

我们是可以证明的
包括我们勤劳的祖先
黄河从它来到的那天起
就开始了倾力濡染
一片平原绿色起舞
池塘和稻田中水声灿烂
黄河在这里流着走着
从未懈怠偷懒
它的提供与给予

一直水量丰富　从不亏欠

富了宁夏的黄河
在一个地方找到了自己最自由的展现
宽宽敞敞地流淌
不用挤在狭窄壅塞的山涧

想起有被举过头顶的时候

黄河啊

已不能把控　头晕目眩

黄河其实爱听野花絮语

风弄渔帆

也爱看女儿的双脚

戏弄它的水面

一片清凉安静的水让它释然

照见一条龙的模样

它并不拒绝自恋

这里是天下黄河富宁夏

宁夏最知道水深水浅

黄河在这里与人默契

绝不用自己的暴虐

制造人间灾难

天下少有的人间福利

黄河给我们草香花艳

也给我们千顷麦浪　　万顷平坦

黄河从不离开我们的注视

一日不在我们的梦中

它会冷寂孤单

一水流来我们从不与一条黄河离得太远

远离黄河的时候　　运气消失

行走艰难

天下黄河富宁夏啊

黄河在这里

有着别具意韵的浇灌

反抗的旗帜

——写给宁夏明末的兵变和起义

黑暗与专制

酝酿培育了反抗的旗帜

这些旗帜竖起来

是因为明白或直接面对了一个道理

跪着都活不了的日子

只有反抗

哪怕是死

明中叶后，封建土地兼并、集中日趋严重，驻防士兵身负繁重赋税杂役且无军饷可领，又逢连年灾害，宁夏军民身陷绝境，只有揭竿而起，多次起义反抗，给腐败的明王朝以重击，从而加速了明王朝的灭亡。

反抗的旗帜充满血性

具有着极大的号召力

我们将他们称为农民起义

叫暴动　叫举事

其实就是他们举起了温顺的农具

将自己的整个无奈

交给了历史

反抗的旗帜

起初是浩荡的　所向无敌

但他们很快撞上了残酷冰冷的兵器
这些兵器曾是奴性十足
在强权面前　五体投地
但在这些反抗的旗帜前
他们表现了最大的忠诚
勇猛　而尽心尽力

反抗的旗帜倒下了
倒在自己的山川大地
他们的身边只开了几朵小花
显得有气无力
但反抗的旗帜毕竟呐喊过
展示了不屈的自己

他们倒下了
他们消失
他们只有那样的表达方式

慢慢地　他们淡出了人们的记忆
但他们却并不退出历史

啊　这些地理名称

我们的名称念出来
没有那么多的平静和惰性
它是动感的　嗡嗡颤动

比如石嘴子
是一些嘴在向着黄河努动
千年话语言说不尽
永远不会噤语收声

盐池的盐
也没有我们想象得那样安分
陈述岁月的苦涩甘甜
它有按捺不住的激情

银川是个制高点
靠近避风的山根
离开典农城往西
西边的土地中
有掘不尽的真金白银

谁不理解中卫

那是没找到前卫后卫的名称

岁月中消失的东西逃出了我们的眼睛

中卫挺拔

而且有许多强硬

绝不让位的站立

是因为它有日渐繁茂的风景

固原

固原与萧关都可以享受百代英名

岁月中英勇顽强地守卫

让自己变成了不可动摇的英雄

固原是需要雕像的

整个六盘山

都可以做它丰干伟躯的造型

宁夏吴忠啊

就是一个屯长的姓名

一群人开拓在大地上

土地记住了他们黝黑的前胸

喊一片土地就是喊一群人

喊脚下的绿色与花朵

喊远处流动的水声

喊大地的绿色风景啊

怎么不可以叫吴忠

啊　啊

石炭井有动感

在动

那里漾动着曾经的岁月

和机器声

太阳山有动感

在动

太阳的笑一直多样

从不固定

那些墩台和古长城

也是在动

战争的故事不说

它们觉得对不起后人

贺兰也许是被贺兰石蹭了一下吧

它的风情风物

一直飘动在风中

啊　这些动感的地名

康熙曾在这里注视

他所注视的

是那次镇压反叛的胜仗

来这里看风景

风景是没有过多冲击力的别无两样

前呼后拥的遮挡

会遮蔽很多

包括一个皇帝的目光

况且　邀宠的女人扯着衣襟

撩拨着一个男人心中的痒痒

西部在他的眼中

有意料之中的荒凉

但最可贵的是那轮夕阳

怎么看都属于唐人

宝石一样辉煌

念过王维的诗觉得那是夸张

但从贺兰山坡地看过去

是写实　没有欺诳

康熙三十六年（1697年），康熙帝为平息噶尔丹叛乱，自京师启程出发赴西北，留驻宁夏，此行耗时4个多月。

黄河边的苇草着实粗犷

再大的风吹过去

它也是顺风摆荡

广大的沙漠也是王土

不过大多处寸草不长

哨马营里的兵士猥琐紧张

叩下的头　一直伏在地上

康熙曾在这里注视

手段和心思

都费人思量

他是写诗着的

夸赞了黄河水声

和沙土的金黄

民间的炊烟不看

也不看那些简陋的民房

不看长着庄稼的沟垄

不看渠水的流淌

戟甲杖剑他很留意

连那些城门的开开阖阖

都引起他的警觉和惊慌

他的注视

其实是留下一片空洞的目光

在这里啊

在远离京城的地方

他的手法老套傲慢　几近荒唐

让文学侍从起个稿子

然后　刻在碑上

没有多少体谅民间的暖意

龙行虎步

在一个地方天下无敌地徜徉

洪广营

洪广营是铁打的

皇帝叫不开城门

天高皇帝远

边疆军士从未听过皇帝的声音

飒飒风声中走来的人

敲门　军营的大门无动于衷

后来　绿色的田野

吞噬了洪广营

洪广营不见了

只留下曾经的传闻

洪广营遗址，位于宁夏贺兰县洪广镇洪广村。嘉靖十九年（1540年）所筑，为宁夏右屯卫所领十八屯堡之一。城门的坚固，士兵的坚守，令城固若金汤，因而有了"铁打的洪广营"之称。

放眼望去

贺兰山像是悬在天空

飞起的野鸭

记得自己从前是个白头渔翁

回来　却找不到洪广营旁边的草丛

洪广营只留下名字
守着自己的城门
它的将军和士兵
都已隐进了岁月中
时间是有距离的
从现实到传说
间隔着几击重重的敲门

洪广营可以留给追忆
让我们想曾经的英勇
站立在原野上　它
有几分孤独的神情
它的旗帜一直很骄傲
而且有点闭目凝神

它不总是敲不开的
敲开它的　也许
是后人带着疑惑的追问

黄沙古渡的传说

不忙　先不忙移开目光

脚下的黄河

正为黄沙古渡推来了自己的细浪

此刻　一条古渡

对着苍茫的夕阳

盛开的花朵夹在杂草中

让整个夏天都显得筋骨强壮

游人的脚步走累了

在草虫声里晒起了阴凉

一个古渡立在这里

时间已经很长很长

曾经是有相约的

约定等一个姑娘

姑娘是下河西的

长发飘扬

古渡要接她回家

重温她的善良

好心的姑娘啊

丢下一束野花在古渡上
漂河而过
走向对岸的稻香

黄沙古渡在这里等着
忘了时间如沙
唰唰流淌
一条渡口荒芜了
荒芜在黄河旁
时间就那么老了
成了旧日时光

在这夕阳下啊
黄沙古渡一片苍茫
那束野花已铺满原野
河滩地啊
依旧　没有走来离去的姑娘

那么多水声

水声越来越繁密

带着它的声韵

这些水啊

在我们体内千万年穿行

在这片土地的流淌

也是那么厚重

它们的漫延是随着我们的脚步的

广大的时间中
它们不停地展示自己的存在感
不停地进行着真诚的滋润

拿大地上的生长
做它的注释或说明
这些水声立体形象
有时　摆荡迎风

就是那朵马莲
从未离开水汽蒙蒙
水在它的根部回旋潜行
它的耐旱是有依恃的
往往挺立更多的
是那种不屈的象征

大面积的稻田中
水一直浪漫如明镜
水的舌头伸向风中
湿气弥漫开来
我们听到了蛙鸣的轻松

水对大大小小的池塘
不是无益的填充
水中的月亮不是留给仲秋的

水的喂养

造就了夜晚哗哗作响的鱼群

啊　那么多的水声

轻柔　美韵

它们在所有的时间中回旋着

依旧弥布我们的全身

离开我们它形成了江河

或者流进了土地上的沟垄

它是需要歌唱赞美的

它的摇篮曲一直是我们的歌声

我们从不亵渎它

是因为　我们的目光中有水的纯净

驿道　伸向远方

一块土地去吸纳的时候

胸襟　自是开张

这些驿道被派出去

伸向四面八方

八方走来的脚步长着车轮的模样

啊　安分守己的屋子

一旦推开门窗

就会受益于宽厚的阳光

走回来的驿道

咯吱作响

响声中　与远方土地的勾连渐渐通畅

局于一方脚步受限

而倾听远方的声音

则使一块土地心跳加速　耳朵伸长

伸出去的驿站啊

虽形制僵硬　色彩官方

但这总是伸出去了

这是伸出我们看天下的目光

或者是心量

我们更多地知道了
沙漠在山的那边横冲直撞
黄河也不总是安分的
有时也会东张西望
南方的季节都有温暖的阳光
北方上京赶考的路
黑夜漫长

伸出去的驿道是我们的提携
携着我们的好奇心和行走的倔强
走着走着　我们发现了自己的坚强
或犹豫彷徨
走着　我们颇具耐力
但不惧脚步踉跄

来来往往的驿车跑着
马鬃迎风　嘶鸣昂扬
提升和拓展是潜移默化的
特别是我们的心劲和目光

开渠的通智

他是合理正确地使用了自己的目光

一束目光

牢固地盯注在长满野草的原野上

风在那个春天吹过来

夹着细细的黄沙声浪

他的目光行动后

迸发了更大的光芒

五月的平原

蚯蚓般的渠系开始延伸

溢出了泥土的芬芳

亘古未开发的土地

也许吸引过别人的目光

但那些目光回避了

看向他方

有的目光收回了

不再伸张

通智，满洲正黄旗人。雍正四年（1726年）奉旨到宁夏开惠农、昌润渠。通智所修建之渠，共灌溉原宁夏（银川地区）、宁朔、平罗县农田345780亩。水灌之处地肥稻丰，由此增设新垦区宝丰、新渠两县，八堡寨以"通"字命名，俗称"通八堡"。1732年，通智整修疏浚唐徕、汉延、大清渠。因治水之功，升任盛京工部侍郎，转兵部侍郎。宁夏人民为纪念通智建庙祭祀，尊奉他为"四渠总龙王"。

通智开渠了

顺眼望过去

贺兰山躺在不远处的身旁

炎热在夏天卷过来

在有韵的心灵嗅来

嗅到了麦子和稻谷的波浪

水随着通智缓缓走来

基调扎实

且泛着金黄

通智的脸上水声稠密

也包括委屈的泪水流淌

通智离开的那一天

谗言一如既往地趾高气扬

且获得了黑色的褒奖

但渠水却是挡不住的

它们在第一个秋天

就呈现了季节的辉煌

水流们的记忆

在以后的岁月中越来越强

它们都以通字为姓

通润通伏　通向所有的希望

通智只是身形离去　心
天天巡游在开发后的原野上

那个通字啊　活蹦乱跳
谁也无法阻挡
通贵通达　通向水声浩荡
通向明天　不忘一个人
那个叫通智的行走者
可以叫水神或者就叫龙王

贺兰砚　贺兰砚

贺兰砚，原材料为宁夏五宝之一——贺兰石（蓝宝），其石结构均匀，质地细腻，刚柔相宜，且颜色对比强烈，呈天然褐紫、豆绿两色，还常伴有玉带、云纹、眉子、银线、石眼等不可多得的天然特色陪衬，具有发墨、存墨、护毫、耐用的优点，与天下第一的端石齐名。

回望我们的贺兰山

原来它有更多的心愿

守在那里

已阻挡风沙亿万年

蜷在那里也不是平庸平面

形象峥嵘

气质温润不凡

啊　贺兰山　我们的贺兰山

原来是一方大气磅礴的古砚

贺兰山是不停奉献的

献出的石头哪一方不是玲珑的贺兰砚

一方贺兰砚的墨

古调　但嗅起来新鲜

在群山中的松涛声自不必说

也有三月春润后流来的溪水清甜

贺兰砚的叫卖声低沉

因为它代表一座大山

一座大山最喜读懂它的眉眼

卖不出天价

它并不觉得寂寞孤单

一块石头的话太多

会招惹不该有的诘难

况且贺兰砚被墨磨着

有着不虚此行的快感

被水养着

它才不惧干燥寒冷的冬天

哪怕在最遥远的地方

被携往天边

贺兰砚也会回望的

望见色泽坚挺的贺兰山

它只承认　自己是化身

是贺兰山的一丝浪漫

展开那轴《宁夏府城图》长卷

轻轻展开
而且要贯注全神
一幅画面托载一座城
本来就责任重大
不堪重任

这座古城得到描绘
会响起欢快的开门声
那些城墙和钟鼓楼都成熟了
泛着自己的光韵
炸油条的那个早晨刚刚走来
来不及解下有渍的围裙
卖瓜的瓜农躲在一条小巷
那里　有他们喜爱的浓荫

清代的时光
也一样有自己的灰尘
那些尘土在更早的时间落下
下雨天　会变成泥泞

《宁夏府城图》长卷再现了当年宁夏府城的真实景观与市井风情，绘制了士、农、工、商等各色人物2000余众，城郭门阙、寺庙宫观、官邸民宅、亭台楼阁、店铺作坊、假山湖泊等景物500多处。

城外的芦苇滩知道自己是风景
野鸟在城墙上落下
翅膀间　挟着不经意的风

一幅古图荡荡漾漾
水在营造自己的湖城
喧荡的水在城外
独享七十二连湖的美名

一幅展开的图轴　很狡黠
有目的地展开着我们的眼睛
一条路倒着看过去
就会看到祖先走来的历程
那些路上
有牛车辙也有马车印
有富人丢弃的鱼竿
有穷人疲惫的身影

展开这幅图轴
我们无法拂去满夏天的蝉鸣
花的开放大胆而恣肆
不客气地开在土肥的城门墙根
草也会挨家挨户地敲门
一家送去一户浓春

雨水稠密啊

有时真的烦人

不管不顾地下着

下在辽阔的天空

白云卷着行李走过贺兰山时

秋天一拂　又是满树黄金

时间在那个时光守旧

而略带有点磨磨蹭蹭

人们走得很慢

并不急于走出那个彩云飘飘的黄昏

展开这幅图轴

轻轻　要轻轻

多年的日子它也会长鳞

不要丢掉其中的什么

因为　那是决不敢弄碎了的曾经

两淮盐运使俞德渊

那时　他并没有站在历史的最前沿
他只是管盐或者运盐
盐商的笑在他眼前不停晃荡
白花花的银子有时弄得他很是心烦

牧猪的岁月多好
赶着一头猪在西部有碱草的荒滩
翻开唯一的书念着
他很喜欢古圣先贤
先贤的声音是一种呼唤
唤醒了心中的正义感
他觉得人活着就应该像太阳
西部的太阳　经历了那么多风沙
却依然干净　灿烂

后来的岁月
郁闷的朝廷气息并不能破坏他的双眼
清贫的岁月敲着他的窗玻璃
他笑着　笑得很甜

俞德渊（1778—1836年），宁夏平罗县人。道光十一年（1831年）赴任两淮盐运使。拥此肥缺美差，却不贪不腐，一生为官严正廉洁，刚正不阿。其举多遭贪官污吏攻击排斥。1836年，积劳成疾病逝，灵柩运回平罗县，安葬于平罗头闸堡南昌润渠畔之阳，林则徐亲自为他撰写了墓志铭，赞其"体用兼骏，表里如一"。

在这江南盐运使的江南
繁华骤然驰过
他的眼前　过尽千帆

他冷静地对待一切
对待那些谒帖和酒宴
想起牧猪的日子和那些碱滩
想起西部的太阳和那蓝天
他用不紧不慢的吟哦对抗着
埋葬了许多陷阱和自利谋算

他死的那天一些人开始舒展
（他们的手伸向银子并且肆无忌惮）
返乡的征程他走了很远很远
一具棺木装着清廉的心和人生的简单
他在黄土地中睡下
身上不曾沾黏一粒粗盐
一件肥差并没有使他自肥
他的约束　曾集聚了一些仇恨
招惹了恶毒的嘴脸
他却不管不顾地死去
睡在了儿时牧猪的乡间

每当朝阳升起的时候
他会走来　走近孩子们的耳边

他想听自己捐款建造的乡校
读书声是否比当年自己的咏诵
更美　更甜

他很少在意自己
不在意两淮盐运使的官衔
不在意那曾是天下最富有的美官

《平罗纪略》 徐宝字

那个穷县官叫徐宝字

常常会溜出装腔作势的衙门

衙门里的呼喝声让他头晕

从后门溜出来纵目看去

贺兰山啊　正是山色青青

文字的亲切度绝对高过他的官瘾

修那本《平罗纪略》　他乐

乐得不辨西东

他知道当下的东西

有许多会消失得无影无踪

只有手边的方志

会发出权威的声音

若干年后谁都抓不住谁的衣襟

方志会变成他

弄出一些可爱的动静

衙门外的日子

千篇一律　热闹纷纷

《平罗纪略》，由道光年宁夏平罗知县徐宝字主持编纂，是平罗历史上第一部比较完整的县志。徐宝字，清道光四至五年（1824—1825年）和道光八年（1828年）任平罗知县。其人为官清廉，体恤民情，曾建义仓以赈济灾民；开沟渠以发展农牧；建义学以启蒙乡里；修古迹以惠及后人。是封建时代的清正官吏。

徐宝字正写着黄河的水声
省鬼城被他写得烟熏火燎
黄河不是他写偏的
是岁月让它从西跑到了东
武当庙的钟声在耳畔轰鸣
他知道　那里的秋天
正飞着蜜蜂
玉皇阁是可以伸手够着的
门响　走出来了沉静的道人

广大的生活碎片化飞来
弄得他手忙脚乱　双目红肿
他几乎忘了自己是七品县令
他觉得《平罗纪略》才是自己的上司
对它　须得恭恭敬敬

写完最后一笔的徐宝字
已是六神无主　方向不明
他恍觉自己是来干一件事的
修《平罗纪略》正是命定的使命
成熟的土地太需要书写了
记下那些湿润的雨
记下逐渐柔和下来的风
想想也是伟大的
人来　谁不想干一件伟大的事情

羊皮筏子

最可珍藏的画面
羊皮筏子起伏着
在黄河的波谷浪间
黄河有时是毛躁的
摔打着羊皮筏子
制造一连串的惊险

羊皮筏 载人
与朝阳一起划向对岸
从容不迫的划筏人
眯着河水一样的双眼
惊恐的乘客按不住自己的呼喊
羊皮筏子啊
撑筏人早已越过岁月的险滩
怀揣着一副无惧无畏的肝胆
羊皮筏子划向对岸
岸上的芦苇中
藏着一个飒飒作响的夏天
夏天的一切都与一条河密切相连

广大的岁月中

羊皮筏子一直有惊无险

明媚的阳光下　在那片沙岸

掌筏人永远睁着警觉的双眼

绝不允许漏洞存在

哪怕是一个漫不经心的针眼

所以　羊皮筏子一直鼓足勇气

所以　羊皮筏子安全

安全的岁月中

羊皮筏子愈益浪漫

从无跌落水中

而且　承载着不会止息的笑语喧天

羊皮筏子

有自己精心厚重的谋算

征服了岁月最后那条河

它会安心地晒着太阳　还在河边

慢慢地　将自己晒成皱纹竖挺的博物馆

沙漠之舟

在最缺水的地方
我们却漾起了最好的想象
韧性十足的骆驼　走着
不慌不忙

沙漠来自于千万年前
曾使一块土地尘土飞扬
咆哮的黄河无法征服它的嚣张
它曾封堵过祖先的门
堵过他们贫穷可怜的门窗
最黑暗的时候
它毁灭庄稼　让一切死亡

骆驼走来了
带着结实的脚掌
驼铃声声悲怆
它们是横渡沙海的
不惧沙暴令人窒息的疯狂

沙漠之舟连同一个比喻

过于强大　有着持久的形象

以至于在那绿色的汪洋啊

有骆驼走来

人们总会听到风沙的暴响

骆驼走着　不慌不忙

它的驼峰　沉默谦恭

一直不甚张扬

其实沙漠早已远远退去

这里的夏天　一片绿浪
但人们还总想着念着骆驼
并不舍弃自己的想象

沙漠之舟真的很好
虽然我们看不到水的喧嚷
但你看着远去的骆驼
就会想到横渡　踏浪
想到隔绝被打破
一种力量　会带人走向希望

新满城　旧满城

在这里　我们看到了

凝聚的刀枪　铁棍

共同的利益

以及血统

大地上利益的纠合

聚拢了隆隆的脚步声

千里驱驰

奇怪的长发猎猎迎风

诞生于水沼野地里的习俗

推开了大批的人流

却聚集了一群傲慢而惊恐的眼睛

他们的习惯和行为

可以称作民风民情

他们在马上颠簸的长发

和急躁的背影

会以一种陌生和惯性

占据一个时代　任意纵行

康熙三十四年（1695年），宁夏始设八旗将军。雍正三年（1725年），宁夏满营正式营房始建，地址在府城东北约2公里的地方（今宁夏银川兴庆区大新镇满春村），称"旧满城"（营）。城内驻兵由满洲八旗、蒙古八旗和汉军八旗三部分构成，以达安民固边之效。1741年，新满城建于府城西7.5公里处的平湖桥东南的丰乐堡。新满城是为银川市新城的前身，俗称"新城"。

部落式的思维

和拒绝自然的融进

都使他们渴望有自己的城

他们的保留

绝对不会缺少某种尖刻的冰冷

他们的延伸

速度慢慢放下来

成为冬季面对风雪忧郁的眼神

他们保留着自认为的高贵

包括剃光了的发际和头顶

包括一对箭袖的啰唆和愚蠢

他们踱着的方步中

有醉酒后的踉跄和昏庸

谁能否定啊　谁能否定

他们一直陶醉在八旗的威武雄浑

一直到自己覆灭消失

也是大梦未醒

新满城和旧满城在那里

那是摧毁了一种文明的野性和残忍

屠杀在他们那里会是小菜一碟

霸占任意看中的地方　他们得意称心

城是可以分新旧的

但他们不可一世的傲横
却使他们始终如一地目中无人

在旧满城中盘踞
或再建一座新满城
是曾经的征服者随心所欲的事情
岁月的巨手翻篇后
啊　旧满城
啊　新满城
曾经的占有者早已逝去随风
他们是被一笼鸟遛走的
走时　他们神情茫然
惊恐万分

悠悠太极扇

一阵风
轻柔儒雅　蹁跹灵动
太极扇在它的时间扇过来
表现了深刻的经络　神经
以及人体内气脉的运行

太极扇啊
从不徒具外形
它的形制中有坚定的理论基础
招招式式
清雅而动人

太极扇在无数个早晨
或黄昏
轻轻舞来
带着时间的呼啸和沉吟
腾腾热气从人群中涌起
成为了巨大的热情
看着的或舞着的人们

都真诚地截取一扇时光
去命名或拥戴那寸光阴

太极扇扇动着
人们听到了来自骨节的低鸣
气从人体更多的是从大地进出
使人们目光温暖
额头明净
蝴蝶一样的扇子舞着
人们以扇犀牛望月
以扇白鹤亮翅　拂过命门
最细腻的是自己的心思
以及扑不灭的憧憬
活出长久的味道
享受人间的轻松

泥哇呜　沉郁的泥哇呜

泥哇呜，流行于宁夏的民间乐器，属边棱气鸣乐器，在宁夏固原地区也称"哇呜子"。泥哇呜尤以在西海固一带最为盛行。因其由土制乐器演变而来，吹出来的声音"呜呜哇哇"而得名。

春天的那场吹呀

吹活了所有的树

站在这里放眼望去

看到你的绿草长满音符

在风中

哇哇　呜呜

你是沉郁的

不愿意让自己成为某种轻浮

你是沉郁的啊

这块土地毕竟经历了太多的风沙严酷

就这样你走进了夏天

又成为了最火热的倾诉

许多的声音一闪而过

泥哇呜啊　泥哇呜

你是结结实实地在池塘边

将水中月

吹奏得翩翩起舞

携着你行走的岁月

我们并不感到太多的孤独

你在我们最想家的时候响起

让行脚的驿馆平息了呼噜

侧耳静听　听

遥远的故乡啊　为游子

准备了秋天最好的安心之处

我们这是在冬天说起泥哇呜

所有的一切都变成了回忆　我们心潮起伏

泥哇呜沉郁地响起

捧给我们最温暖的火炉

我们的故事咀嚼后　吹进泥哇呜

它给我们展示的是一条路

一条比岁月更耐力更漫长的路

董福祥其人

只知道他是一座巨宅
横卧在西部的风中
野草会在多年以后爬过来
吞没许多记忆许多事情

那巨宅望向夕阳
苍茫的贺兰山刚从风沙中回来
抖落一襟风尘

董福祥（1839—1908年），清末将领。宁夏青铜峡市峡口镇任桥村人。1901年，由西安回到金积堡（今宁夏吴忠）建府居住。其间赈济灾民，捐白银近70万两。1908年病故，嘱家人将私蓄40万两悉数捐于国库。

一座巨宅卧着
有些骨质疏松
它的威武震慑被精心构思
不语　却气势汹汹

董福祥　董福祥其人
在这里　面对黄马褂的宠荣
锈迹爬上那把老枪
弓矛紧靠酒瓮
曾经走过的路捡起又丢下

风声　只有风声

从城墙扫过

一直吹进苍老的眼睛

他的故事不敢讲

不敢讲给别人听

该交给历史的早已交出

这里　只留下了一些混沌

一些惊觉

一些胆战心惊

不说打仗勇猛

不说护驾有功

不说临阵权变

也不说临机一动

只说秋天真是爽爽入骨

蓝天上　飘着白云

董福祥其人

还是一座宅子

有自己的秘密

也有一些叮咛

曾经镇在一片土地上

颐养天年　别有机心

岁月中的宁夏旧城

它比我们有更长的记忆
会想起我们记忆之外的日子
最早诞生的城基早已丢弃
在风中
在衰草里
有一个叫怀远的名字念了又念
也是朦胧　不甚清晰

现在站在这里
一座城市已淋透了岁月的风雨
城墙上跑过的少年
早已随时间而去
曾极目远眺的目光
已成为历史的废墟
秋天这城墙下的一蓬草啊
只记得去年最后的一场秋雨
冷彻了自己的根系

岁月中的宁夏旧城
最有资格复述黄河的絮语
贺兰山是看着它壮大的
它在向一座山靠拢的时候
留下了许多小道
和没有斩尽的荆棘

岁月中的宁夏旧城
或许只为一个名字
而坚守在这里
这里一代代走过的人
念过这个名字
这里安葬进大地的人
记住这样的名字

它是宁夏旧城
它拿不出什么宏伟壮丽
它的存在感却是一流的
它知道自己是此处所有风物人情
和回望目光的提携和托举

十大洋行

这里没有融入经济圈这样的话题

也没有开关闭关的争议

这里的洋行开着门

笑眯眯地　做着自己的皮毛生意

黄河就从脚下流

水旱码头真是此名不虚

远望蒙古高原伸过自己的台地

近看啊　岁月为了饮啜一条河

而努出了不曾收回的石嘴子

洋行收来货物打包

顺流　向北流去

一条河的喧闹

让自己感觉到了新的现代意识

十大洋行的柜台开始骄傲

有点把持不住自己

十大洋行搭船而下

过包头　上天津

洋行，近代华人与西方人的国际贸易商行、公司、代理行。始于清末民初。宁夏石嘴山设立的十几家洋行（由英、德等国设立），俗称"十大洋行"。最初约在光绪六年（1880年）设立，最后撤离是在民国十五年（1926年），前后共40余年。年约运出羊皮百万张、羊毛1500万公斤。

已经很洋气

它们捎回来的绸缎

沾着珠光宝气

一些旗袍和个别的腰肢

都活动在这里

十大洋行垒起的码头越发坚实

许多行船的人在这里醉了

在这黄河流出的地方休息

明日的行程将是水深流急

在这个地方睡着

会梦见尖峭的石嘴子衔着一轮香甜的红日

十大洋行知道自己会在某一天黯然离去

对着大地和蓝天久久沉思

世间的路与人不离不弃

未来啊　人们会有更通畅的行走

会畅行在蓝天里

418

《我的生活》在这里

一本书

在这里胃口很好

它的作者怀念起来

也觉得的确美妙

见惯了挤压和倾轧

这里的风土人情极有疗效

受伤的心虽在流血

但伤痛渐渐变少

大西北啊

它的辽阔会消解人的烦恼

端上桌的菜

有着笨拙的地方味道

不是张牙舞爪的

也没有大呼小叫

只是朴朴实实的双鸡双鱼

让书中的某个章节

溢出了黄土地的朴实与厚道

倾谈也许不是高端的

《我的生活》，是冯玉祥将军1930年以前生平事迹的真实记录。1926年11月，冯玉祥来到宁夏石嘴山，住进时任石嘴山商会会长郑万福的家中，两人交谈甚欢。冯玉祥将两人会晤的趣事记在了书中。郑万福也挂名为冯玉祥的西北国民革命军第二集团军高参。这是一段将军与乡绅的佳话。

没有那么多高调
但话语一定是热烈的
比举起的酒碗温度更高

多年以后的回顾
文字中依旧有各自的口音
有强烈的画面感舍弃不掉
一种到达并不能使小城生辉
光焰没完没了
但一种回味
绝对是滋味更长　偶有念叨

一个将军和一位乡绅
在历史的某一时刻相逢言笑
将军走了许多路
疲惫　只有自己知道
乡绅的笑是朴实的
嗅来　有一点沙枣花的香飘

参议郑万福

迎风而舞的日子

他也是挎过钢枪

熟悉的西部景色

一直濡染着他的目光

跨过黄河飞跑在草原上

啊　那些民歌啊

民歌悠扬

那些牛羊

有着不动声色的肥壮

后来　他和一些商号洋行

一同站在黄河旁

边塞小镇沉默而不事声张

但无法压抑他的笑

特别是如剑的目光

最平稳的日子

是民国将它的长袍马褂

穿在了他的身上

挥舞着文明棍

郑万福，生于清同治二年（1863年），清末由山西经商至宁夏石嘴山地区。1913年，出任石嘴山英国新泰兴洋行外庄的羊毛买办，由此成为石嘴山地区的首富。因其碱业的开采，带动了宁夏北部地区交通、工业、商业、矿业的发展。富而仁义，一生致力于经商、办学、赈灾。1918年捐银创办石嘴山第一个小学——石嘴山高级小学；1929年灾荒，赈粥月余。

他常常到贺兰山脚下
去看自己的煤矿

他的骆驼在草原深处
数目庞大到夸张
此时　他正遣出小伙计
给远处的穷人送去救命的食粮
有求必应　他不曾因富有
而变得嚣张和疯狂
与权势对坐他也是淡然
淡淡地　不改变坚定柔和的目光

在一座佛寺中
他久久地面对夕阳
凶狠的战争前
穿梭奔走
了无恐慌

顶着参议的头衔
他隐坐在自己喜欢的地方
谁来他都是笑着
眉眼慈祥
高官　茶一碗
穷人　他也会端上心意的滚烫

他是坐着轿子走的
并没有走出民国时光
他的背影一直柔和
平静朴素
有着亮光

孙马之战

当阴谋和野心横行时

大地必然承受血腥

凶狠的目光相对峙

乞求善良

真的是一种天真

一块安宁的土地啊

往往会成为舞台

上演残酷的剧情

孙马在这里相遇了

枪炮声撞击着枪炮声

子弹飞过了惊恐的天空

田野荒芜了

无人再打理那些翠绿的风景

践踏　残暴而愚蠢

百姓生命卑微如尘

空间　闪烁着军阀吃人的眼睛

墙角碎裂

孙马之战，1933年蒋介石任命孙殿英为"青海西区屯垦督办"，因而遭到宁夏、青海四马（马鸿逵、马鸿宾、马步芳、马步青）强烈反对，从而在宁夏土地上爆发了四马与孙的大战。历时4个月激战，以孙殿英部惨败作结。

拉伕又抓走了更多的男人
困惑柔弱的百姓是大地上枯黄的草
几乎发不出最后一丝呻吟

孙马之战
正在进行
挑逗的目光
阴险而冷静
浓烟滚滚而起
熏染着每一个早晨和黄昏
雪亮的刺刀在夜色中
嗜血　而格外冰冷
军阀们也是焦灼万分
不知是谁
在这里安放下自己的蛮横

一块土地受到的伤害
无奈　且触目惊心

将台堡秋色

一支队伍

走过万里征程

在这里相聚相拥

那些恍惚的山头坐在远处

看着沸腾喧闹的人群

云在天上飞着翅膀

久久地　凝视着这样的场景

艰难的行走

就在昨天　在回顾中

草地吐着怪诞的吐沫

要吞没人全部的行踪

山也是那样

用自己的冰寒和阴沉

试图将这群人的意志

扑灭在严酷的寒冷

这群人却是走来了

走进一片秋色

给你一个宁夏

将台堡，位于宁夏固原市西吉县，古称西瓦亭。《西吉县志》载：此城最早筑于秦昭襄王时期，为军事要塞，历代都有所修建。1936年10月，红军长征三大主力军在此胜利会师。

走进相互期待的热泪相逢

此时　山花儿在群山
依然闪着自己的光晕
绿草也不曾褪去
保留着秋天的风景
葫芦河的水声也是可以听到的
水声中　有自己困惑的眼神

一条路在这里交会
从来不是时间的巧合简单的事情

一群人不曾倒在路途
亦不是无奈的幸运
这是一群带着理想的人
走来或走去
都不会辜负自己的征程
哪怕是倒下了
也不会熄灭目光中的火星

将台堡的这个秋天
只是开始而不是尾声
全新的视角和思索
将会在这里形成
山道弯弯　走来的这群人
已经开始汇聚自己的力量和雄浑
以后他们是会走过千山万水的
但哪一程
都会让他们想起一个秋天
和秋天的云
想起深藏山中的一个集镇
想起力量与力量的给予
想起从这里开始的行走
步履坚定　层次分明

豫旺堡的城墙上

一架照相机
离此不远
它看到的是
一个红军　吹号
挺立在画面

这是一种身姿和挺拔
是在一个绝对值得珍藏的时间
那架照相机看到的
或许只是英雄和浪漫
而豫旺堡看到的
却是一条路　长长漫漫
依旧连接在吹号者的脚尖

豫旺堡，因一帧"红军号手"
的照片而驰名国内外。其址位
于宁夏吴忠市同心县豫旺镇，
原是修筑于元代中期的城隍庙。

西北的秋风吹来
可以看到吹号者衣衫正单
美国式的目光
平铺在黄土高原
一支队伍立体而高大

不是传统的打家劫舍
而是为一个目标　奋勇向前
胸中　揣着自己的理想信念

这是在豫旺城的墙头上
时间很大度
给予我们一个画面
这幅画面后来走向天边
惊愕了许多眼
一个人和一枚军号
热情呈现
仿佛一切都是可以具有的
没有什么可以阻拦

一架照相机的后边
一张脸被这幅画面浸染
开始产生了新闻式的思维和推断
相机的主人想说话
用充满惊叹的语言

天高云淡六盘山

艰难的行走过后
艰险　并不能消减浪漫
在这里坐下
看淡淡的白云飘过六盘山

山下风景在望
有心人已望了千万年
山道曲曲弯弯
几多盘旋
走过去走过来的人
与岁月共同消失
岁月真的如烟

现在是举目再看
六盘山的峰举
平和而不极端
它的云絮来自历史深处
再一次飘过我们的眼前
我们的行走和那些花儿一样

经历过温热苦寒

但时间啊　时间

时间是按照我们的行走和开放计算

秋天最是一种丰满

满山满谷的蝉鸣

和那些哗哗流淌的泉

都已将秋天装填得圆圆满满

秋天在一些田地里躺下

呢呢喃喃

现在

是仰头看天

看到的是天高云淡

意境的构造有着自己的奇妙

比如说有一行南飞而去的雁

比方说有红旗漫卷

而且　有读懂了这一切

并不刻意隐藏的情绪翻卷

《西行漫记》

一支冷静且充满感情色彩的笔

记下了一支队伍的行走和他们的起始

记下一条路上的艰难

以及崎岖以及枪林弹雨

在那支笔下

雪山泛着白光十分冷寂

草地吞噬着生命

直接而没有任何含蓄

秋阳下　历经风浪的人

脱下棉衣

无拘无束地捉着蠕蠕虱子

《西行漫记》啊

有自己的金发碧眼眉高眼低

有苛刻也有压抑不住的情绪

真情实感后会流下自己的泪滴

煤油灯下会凝神

久久沉思

《西行漫记》，原名《红星照耀中国》，是美国记者埃德加·斯诺所著的纪实文学作品，于1937年10月在伦敦首次出版，于1938年2月首次出版中文版。斯诺是第一个采访红区的西方记者。

《西行漫记》在西北一地

扎皮带　穿土布粗衣

粗粝的风沙让它记住了所有该记住的日子

固有的东西被改变了

一群人的追寻与行走

改变了它的思维模式

《西行漫记》不敢太多情

多情属于诗

《西行漫记》也不太散文化

那样　会产生手法游离

《西行漫记》更不能虚构

小说手法　容易让读者迷离

但《西行漫记》是有情调的

情绪外露　一览无余

《西行漫记》写法自在

却从不偏离面对一群人的主题

《西行漫记》的展露

情节丰富　却不失真实

《西行漫记》

在豫旺城墙上的那一刻最是美丽

它想拿一段完整的古城墙做封面

让世界知道什么叫钢铁意志

特别是那个吹号的战士

他的号声有最优良的质地

印在哪里

哪里　便会有一种丰富而纯粹的挺立

马海德

马海德，原名沙菲克·乔治·海德姆，祖籍黎巴嫩，阿拉伯裔中国人，1910年出生于美国，是第一位加入新中国国籍的外国人。

1936年8月，与美国著名作家、记者埃德加·斯诺一同到位于宁夏吴忠市同心县豫旺镇的红军总指挥部考察访问。在豫旺堡期间，为了表达永远同回族兄弟、同中国人民的友好心愿，决定改名马海德。

一张简历
无法概括一个人的行程
一次微笑
也不能完全体现一个人的面容
马海德很丰富
丰富的是他走来时的那种纯真
他是迎着困苦走来的
因为困苦中有他仇视的病痛

他走来的时候
大地上千疮百孔
灾难与战争

击倒和毁灭了无数人群
守旧者和探索者对峙抗争
鲜血和眼泪　一滴滴
渗进了我们的土地中

马海德走近穷人
走进他们的病痛
那些失望的眼神
几乎击倒他
他有无法言表的痛心

马海德沿着自己的路走下去
那路　是他苦苦选定
迎风行走　那是逆行
他却是义无反顾
有自己的追寻和英勇

我们知道的那个时代
有人在灯红酒绿中沉浸
有人选择了离去
进入温柔的平庸
马海德却走着
走进西部猎猎风尘

走来的马海德

一直说走来　是寻找回家的门
太温暖的日子　他接受不了
他愿意挑战那些暴雨狂风
虽然他的手中
只有简单而普通的医疗器用

马海德的心里
有秘密　从不示人
他的目光一直盯着痛苦和贫穷
他觉得谁都会需要温暖
暖暖的爱
会让许多人不再胆战心惊

一颗卑鄙的子弹

子弹　来自枪膛
枪膛却是昏沉和愚忠
射子弹的枪不问是非
只是去杀人
杀一个抗日的英雄
那英雄在历史的起伏中
情节缠绕　鲜血满身

这样的子弹很多
而且杀过许多人
子弹们只听一声军令
并不负有任何责任
撞击肉体时
它们都气势汹汹
并且十分尖硬

吉鸿昌倒下的那个时刻
世界真的没有多少响声
只有入侵者的枪不停不歇

吉鸿昌，抗日名将。1929年任国军第10军军长与宁夏省主席。1934年11月9日，吉鸿昌在天津训练抗战武装秘密集会时被国民政府特务逮捕。24日，转至北平（今北京）陆军监狱，一颗罪恶的子弹射向不肯跪着生的高大身体。

正在往前挪动

一个军人倒下了
他的血悄悄流尽
抹黑的手窃笑着
黑色像恶臭的抹布
遮盖了他的眼睛

那时候
我们还在未来
看不到真实的场景
子弹落地的金属声音
也不会碰撞我们的好奇冲动

但吉鸿昌真的是倒下了
连同他的军装和将星
还有他爽朗的笑声
以及他惊愕的神情

少战团　少战团

讲他们的故事不会讲完

那时他们正跑在街上

画漫画　并且呼喊

演着小话剧他们慢慢长大

他们知道　民族正在承受灾难

一群少年

跑动在属于自己的时代里边

枪炮声遥遥传来

世界已经不那么简单

世界有苦涩

世界有血泪飞溅

少战团，1937年10月，由宁夏省立实验小学组织成立的"西北少年抗日战地服务团"。其宗旨是：为抗日救亡和战地服务，保卫中华，赶走强盗。

他们的小旗子飘在风中
我们还可以看见
他们贴在墙上的口号
有渐渐成熟的呼唤
一个民族艰难地走着
后边　是扯着衣襟紧随的少年
一群少年跑在风中
在我们的前面

后来　他们融进了岁月
有些奋进者倒在了昨天
有些沉默了　默默无言
但那些岁月却因为他们的存在
而生动　生动无边

给你一个宁夏

绥西抗战

扫码听诵

我们追不上那个冬天呼啸的子弹

战马奔跑着

马上　是双目充血的西北大汉

那个日子是顽强的

急速前进的脚步

一直不缺少震撼

现在　是战壕

快被风沙抹平的战壕躺在我们眼前

一些故事渐渐稀薄

空气中　早已嗅不到硝烟

但这里真的矗立过一个绥西抗战

在这有蒿草的地方

许多人倒下并且在此长眠

他们的络腮胡子长成了草

以后　年年钻出草原

他们的唿哨声飞出马鞭

让一场战争速度加快　处处惊险

1940年1月至2月，国民政府军事委员会第八战区部队在绥远省（内蒙古自治区西部）与日军驻蒙古的部队以及伪蒙军队进行了一系列战斗，这一系列战斗统称为绥西作战，也叫绥西会战。包括包头战役、绥西战役、五原战役等。绥西战役是抗日战争时期宁夏人唯一参与的一场战役。

绥西抗战

是跨过黄河　走在冬天

冬天　黄河沉默无言

但黄河是有寄寓的

它不愿被外侵蹂躏

弄脏自己的水面

黄河在那个冬天有自己的心事

夜夜无眠

绥西抗战的子弹飞出枪口

像是一块土地的泣血呼喊

战争任意勾勒着自己的画面

血肉之躯倒下了一批

另一批　依然奋勇向前

退无可退

身后就是家园

家哪怕留下余温也是温暖

那些迎风起伏的野草

和五月喷香的麦田

都使家园实际而丰满

父母的苍苍白发

兄妹的惊恐万端

没有什么可以轻易失去

没有什么不使人决意死战

绥西抗战

是宏大历史场景的一个画面

一场气势汹汹的入侵

志在必得　气焰冲天

但绥西抗战　骨骼坚硬

绝不退缩柔软

击溃了强敌的绥西抗战

多年后也是一脸灿烂

说起辽阔的绥西和狼山

一场战争会娓娓道来

慢慢地　让情节复原

啊　那张宁夏中学的照片

岁月留下了这些脸
真的是意蕴深远
我们可以读那个时代的中学
读早晨略带惺忪的时间
读奔跑的足球
读声势喧嚣的校园

这是一届学生
一群形象各异的青年
社会正站在校门外
准备接送他们融进更大的人生里边
他们也是急不可耐
青春骚动着　理想浪漫

宁夏中学的那张照片
平静地面对我们的双眼
站在岁月那头的时候
他们有许多期待
有自己朦胧的或清晰的心愿

风轻轻吹过来
弄飘了他们的衣衫
太阳和快门站在一起
抢自己不可丢却的容颜

后来啊　这些学生走出照片
命运递给他们许多头衔
他们生长成熟着
那张照片
慢慢泛黄　有些破残

我们是从风中
抓住了这张照片
紧抓住那个时代一些充满朝气的脸
时间无奈地笑着
它觉得在带走一切的路上
落下了一张
宁夏中学的照片

泾源和尚铺

给你一个宁夏

泾源和尚铺，位于宁夏泾源县六盘山镇，古称"武伟"。民国年间，去往兰州途中的音乐家王洛宾，为此地的民歌手五朵梅的一曲"花儿"所驻步。王洛宾由此决定不再去巴黎音乐学院学习，他开始行走于西部，醉心于民族民间音乐的搜集整理谱曲。于是，有了"西部歌王"之称。五朵梅给王洛宾的创作注入了"花儿"的要素。因之，有了百听不厌的《在那遥远的地方》《半个月亮爬上来》等一首首歌曲。

和尚铺啊　　不能算是个沉闷的地方

四月的春风爬上山冈

这里有着足够大的宽广

一支歌在这里回旋往复

眼泪啊淹在心上

这是心中的花儿

在这个春季开放

花儿一步三摇地开着

春风　　感觉到了自己的酥痒

和尚铺的女人在唱

一双来自远处在此驻立的耳朵

在共鸣　　情绪激荡

音乐在别处是被组合着的

欠缺某种自然和流畅

而在这里　　在这里

音乐却长着一个山中女人的模样

妥帖　　成熟

丰腴　漂亮

它的野性和柔情相互搓揉

它的汁水饱满

它牵扯的手　一直

揪着人的情肠

和尚铺那段时间是侧耳倾听的

一种深情

混合着初春的草香

山中的一切都变得催情

由不得人啊　心旌荡漾

和尚铺觉得自己变大了

粗犷　茁壮

一曲花儿拓展开来

人向远处望了又望

张开了更阔大的胸腔

和尚铺坐在那个春天

听到了真正的歌唱

它不知道是自己的哺育

一条嗓子清亮

一种真情深长

它听懂的是欢乐之中杂着忧伤

痛苦里边　喜悦流淌

自己的女人那么唱着

在最民歌的悠扬

自己的男人那么听着

听得热泪满眶

和尚铺啊

有着最大的愧疚和忧伤

艰苦的年代走丢了五朵梅

多年后的寻找

总让自己心疼　惆怅

五朵梅

扫码看视频

山道弯弯

五朵梅在唱

她是要把一条送别的路

唱向远方

最有味道的那张脸会在岁月中

慢慢苍茫

只有唱啊

这里只有唱

水嫩的嗓子与野花相伴

心中的花儿

唱得春水流淌

走嘞走嘞

你要到你该去的地方

留你是留不住的

只能用歌　将情

留在你的心上

日子没有短

也没有长

五朵梅，宁夏六盘山下一个擅长唱"花儿"的回族女子。其歌声影响改变了一个人的一生——"西部歌王"王洛宾。是她让歌王留下并爱上了西部民歌，改编创作了《在那遥远的地方》《半个月亮爬上来》《玛依拉》等带有"花儿"印迹的民歌。

想你你不在

我会睁着眼睛到天亮

走嘞走嘞

带上我给你的干粮

准备的这花儿最后再唱

唱得你心颤

唱得你终生难忘

聚散合离

人的一生匆匆忙忙

一朵梅开

那已是红火亮堂

五朵梅啊

开五朵梅　世间芬芳

远去的人啊　你留下耳朵

听这眼泪淹了心上

听撕心裂肺的歌

充满多少留恋和忧伤

让人家说去吧

说这和尚铺上的轻狂

歌我是唱了

路已带你走向远方

唱走哩走哩　早已拴你一辈子

在哪里

你都能听到六盘山的声响

走多远　你都会回来

夜夜回到我的梦乡

王贵与李香香

1945年秋,在宁夏盐池县政府任政务秘书的李季,在一间5平方米的土坯房里,写出了长篇叙事诗《王贵与李香香》。长诗一经发表,在全国引起轰动。李季是受惠于宁夏民歌,又深深地影响过当代中国文学创作的诗人。

风沙在窗外刮着

有着许多疯狂

三边啊　也以多角状的形象

呈现自己的荒凉

而一首长诗内

却是情感炙热滚烫

一对恋人紧紧拥抱

男的是王贵

女的　叫李香香

民歌的调调

在这里缠绵悠扬

一对恋人面对面

从不管外面风沙飞扬

他们的情愫天长地久

他们抹不尽的泪

一直尽情流淌

王贵是俊俏的后生

羊肚子毛巾裹在头上

香香啊　李香香

那阵穿着自己的碎花衣裳

丢下闲言碎语

跑在彼此的心上

从此是不可割舍的心头肉

从此　是打不散的一对鸳鸯

王贵与李香香有自己的道白

押韵　且音声朗朗

远山近山都无法隔绝

十里路上一串歌

香香拉着王贵

王贵　搂着香香

王贵与李香香

不是刻画　是真实的脸膛

苦寒地养育的女子　水嫩漂亮

那后生啊

庄稼地里　不惜力量

这是三边的地方

深夜里油灯正亮

王贵与李香香的爱

自由而健康

一双打量的眼睛

热泪流淌

一首长诗情绪饱满

坦直爽朗

不夹不裹就说爱情美好高尚

看上一眼就会找不见魂

香香至死爱王贵

王贵　跑完所有风沙肆虐的路

就是来爱自己清水灵灵的香香

在《和平解决
宁夏问题之协议》前

要阻止一场飞出枪口的战争
的确很难很难
就像阻止一颗正在飞奔的子弹
但一纸协议做到了
而且　拂去了硝烟

在平静的协议前
一切　都显得有惊无险
比如　刀刀见血的刺刀
比如　惨烈无比的巷战
炮弹的炸开
会使古老的土地泪流满面
失去父母的孩子　垂死挣扎
在风中　慢慢死去　枯干

一纸协议　两边
曾经对峙着许多脸
这些脸温和了

1949年9月23日，中国人民解放军十九兵团司令杨得志、政委李志民同国民党宁夏军政代表在宁夏中宁县签订了《和平解决宁夏问题之协议》。至此，宁夏全境解放。

最终温暖了所有的条款

惊恐的河流

松弛下来　流向天边

沉默的平原　抖了个寒颤

闲花野草又开始开放　铺展

天空原是准备承受痛苦的

准备承受撕裂肌肤的炮弹

那纸和平协议

停留在它的岁月里　仿佛无言

但它的每一行字其实都跳动着

读来　充满动感

年代和历史并不虚无

和平实现

真的是人们不再被战争蹂躏

可以放心地走在自己的地面

不再担心抓丁的绳索

在黑夜　制造太多的哭喊

和平协议　看起来

比过去更让人起伏波澜

后来的目光更善于思考

知道生活并不一定是气壮山河　一往无前

知道让人无惊无扰地行走

会胜过一些气势宏大的庄严

这是和平协议

在这里沉默着　不说从前　以前

但我们知道

是它　不使岁月变得更加难堪

那张发黄的《新闻简报》

岁月在某种时刻是有长相的
会说话　也会笑
比如这张发黄的《新闻简报》
简洁明了的告知是字斟句酌的
而其实　许多事情
它都知道

知道那一天一支队伍进城
走在解放大道
知道古老的城楼上响起礼炮
知道岁月掀开了新的一版
将会呈现新的气息　面貌

发黄的《新闻简报》是油印的
夹杂着一股汗水的味道
匆匆进城的脚步不曾歇息
没有谁先顾得上自己的疲劳
向一块土地高声呼喊
让困惑的眼睛有所知晓

自此　这张发黄的《新闻简报》
开始了自己的行走　慢慢变老
它是故事　也会讲故事
讲那个洒扫干净的清晨
以及英姿飒爽的枪炮
讲到那天的一群女孩子
它知道她们的背影　年轻而窈窕

那个年月印出这一张纸
绝对够得上庄严　美妙
让时间轻轻爬过来吧
将有多年的路要行走过去
历史　并不喜欢过多的吵闹

这张《新闻简报》啊
走来　保存完好
并不缺少边边角角
它的形象就是最完整的呈现
叙述那个日子的
一种饱含激情的味道

盖碗茶

一壶倾下
便飘来了大地的馨香
盖碗茶的味道
语重心长

那片瓜瓣
正说着田野的月光
月光如水飘来
我们能听到蟋蟀的清唱
夏夜给我们讲许多童话
最童话的　应该是瓜腰上的清凉

枸杞啊

从来是激情激荡

不改自己火热的红妆

它在大地上是有过沉思的

思索着适度的甜蜜酝酿

一个传统医学　白髯　红脸膛

与它不离不弃

讲它的奇妙　悠远流畅

菊花是来自秋天的

来时　也带来了秋的金黄

它的使命是润肝润肺

顺便　让人的气血舒解

和谐流淌

那些大红的枣子

从不扭捏　不掩饰自己的肥胖

丰腴是它们本身的性感

人们热爱它的温暖与高亢

阳气十足的行走

一直走在延年益寿的路上

冰糖和茶叶

来自距离一只碗较远的地方

但它们却暴发了更多的甜蜜和芬芳

一只盖碗培养了它们的宁夏味道

自喉而入

直入人的心房

啊　盖碗茶啊

嗞嗞有声

一直在我们的岁月中吟唱

冒着热气　却从不发烫

它懂得拿捏分寸

不甜腻得过头

也不寡淡得令人气丧

它是那样的款款而来

茶色金润

气韵悠长

秦腔唱起来

扫码听诵

只有穿过久久的岁月悠长
这种哀婉　才那么让人热血激荡
受压迫的底层人　哪怕累得只剩一口气
也会将自己的苦情唱得荡气回肠

有怨吗　有怨
千万年的压迫与面对豺狼
希望被一次次扑灭
冲天的怨恨啊　谁能阻挡

有爱吗　有爱
两情相悦　早已地久天长
一个爱字消解一切
最艰难的人生路　并不觉得凄凉

爱恨交加的老秦腔啊
抒情　在那一嗓
哀叹　在那一嗓
历尽艰辛　血泪交加
也是那充满意蕴的一嗓
老秦人在秦朝被杀得太多
那五味杂陈的一嗓啊　饱经沧桑

唱秦腔　唱秦腔
秦腔中有祖先的心酸和不屈希望
一息尚存便挺起胸膛
挺起胸膛上路　唱的还是秦腔

秦腔是历史岁月的老情人啊
伴着我们坐在曾经的热炕

它唱过的冬天不再寒冷
热血　滋润了许多脸膛
它在夏天纯粹是一条虫
蠕动在我们的心上

唱秦腔啊　唱秦腔
秦腔最不担心会被遗忘
它的苦情中有民族的基因
唱它是唱来时的路
以及许多流血的古战场
唱它啊　也是在唱红窗花
和忘记痛苦的晴朗
谁都不能从秦腔中拿走血和泪
那是秦腔生生不息的滋养
谁也抹不去秦腔中的热切盼望
正是秦腔　在最艰难的年代
陪我们　活到天亮

农垦 农垦

其实　这是一种声音
是锄头叩问大地的声音
一些土地　千年岁月中
被变成了古战场
掩埋了多少人的身影

宁夏农垦，创建于1950年，其前身是中国人民解放军农业建设第一师，经历了军垦农建师、国营农牧场、企业集团公司等不同的发展时期。

血渗进了大地
大地变得呆滞　沉闷
充满苍白的碱性

这是农垦
是一把或无数把锄头
促使大地的苏醒
农垦的人们曾经握过枪
他们的眉宇间
依旧有远方走来时的征尘

农垦在大地上摆开

荒原燃起了倔强的火种

燃烧的荆棘就着自己的呻吟

土地平坦地舒展开

绿色毫不犹豫地在春天

铺开了自己的风景

农垦的麦浪

在夏天已经十分诱人

枝条在土地中发芽

仿佛在说自己会长成一座苹果林

那片鱼塘已听到了鱼的声音

鱼苗才翻过一个夏天

就已长大了自己的鱼鳞

农垦在歇息的空间

西望　可以望见贺兰山边吹来的风

东望　望见黄河宽阔的涌动

唱着军歌除杂草

他们觉得种田是和平年间正经的事情

农垦回头一望的时辰

望见自己早生华发

但大地已经绿树成荫

农垦坐在一把椅子上想曾经

想起旧时岁月

自己有许多值得回味的青春

青春啊　可以下酒

三杯两盏后　醉人

忘了自己额上的皱纹

激情石嘴山

我们脚下的
是荒原　亘古荒原
西边站着青色的贺兰山
东边的河滩
不知姓名的鸟
在红柳滩边飞翔盘旋

啊　这却是托载我们生长的地方
尽管　它在我们视线的极限处
只举着一座青草味的
孤零零的羊圈

我们来了
来了我们后　这里可以叫激情石嘴山
因为我们义无反顾地走来
因为我们只带着青春和果敢

说什么风沙起处
石头满地翻卷

说什么粗粝的沙石

打坏了一代又一代人的脸

说什么一碗水中可以澄出泥沙半碗

说什么寒风吹过来

吹来从未经受过的冰寒

但我们就是走来了

带着一生从未后悔过的浪漫

让一块土地生动活泼

这是人可以经久不忘的灿烂

我们就是这样一群激情石嘴山

种树遍野

夏天可以听绿色韧性的呼喊

种树上山冈

大山脚下　不再是绝望的沙滩

我们种一群儿女在这里长着

结实的后人　是深情石嘴山

真情石嘴山

是百媚千态的柔性石嘴山

你叫我们豪情石嘴山也是可以的

对待真情的朋友

我们的情谊和风格　从未改变

激情石嘴山啊

这样的称谓从不空泛

你看一路走来的脚步

你看几十年未擦尽的热汗

你看苹果园中爽直的绿色

你看从不设防的笑脸

这里的相拥相抱直接明了

绝不在背后挤眉弄眼

不在九曲回肠中叽里拐弯

啊　石嘴山

激情的石嘴山

第一代创业者手中都攥着一张答卷

从最普通的劳动者做起

他们已是白发斑斑

青春岁月一直让他们激情高涨

敞开的胸怀正像迎客门

从来未关

他们知道自己走来的时候

也是很难很难

有劈头盖脑的失望

有挫折之后的沉默无言

甚至　甚至

有那么多走不过去的高坎

但所有的头都一直是高昂的

一代石嘴山人的激情

如霞光　从未离开苍天

那是至死可以带走的风景

那是其他人无缘消受的丰盛流年

群山沸腾

群山沸腾

这是岁月的不二选择　是正宗

久经沧桑的大山

熬过了多少孤寂沉闷

这些踏进深山的脚步

这些年轻的人间笑声

安驻　扎根

正是夜间的篝火

搔弄着大山的神经

大山以前醒得很晚

并且睡眼惺忪

现在　这里是勤劳的人们

早早就唤起了黎明

其实我们可以选择让大山继续沉静

让那些山石睡过更久远的历程

但走来的人们心急而充满激情

城市的基座已伸进大地

山外　需要更多光明

大山沸腾了

这是起始和带动

一切都浩浩荡荡起来

特别是我们追求美好生活的心

雪亮的灯盏照彻夜空

沙漠和沙暴就是在沸腾的群山下

退缩　并且消失了行踪

群山从未想过

有一天　它会安静

再次归于沉静

但它按捺不住时时的冲动

单凭一群人夜入帐篷中的欢笑

以及后来出现的酒吧舞厅

群山就觉得沸腾挺好

可以展示自己的力量　精神

和漫长生活的能动

钢铁年代

钢铁年代的特征
就是无法不让自己声名响亮
哪怕是虚夸的
也可以听到无序的丁零咣啷

在这里冶铁炼钢
我们倾进了自己开掘的富矿
火红的钢铁倾炉而出
许多农民的脸庞钢花映照后
变成了工人的脸膛

钢铁年代
的确有自己的辉煌
尽管有人弄乱了它
弄得杂乱无章
但劳动者的专注却是不打折扣的
有责任心
也有盼一炉洪流的期望
钢铁年代上马下马

但最终保持了正宗的模样

从岁月中款款走过后

它拥有着自己雪亮的钢

而且　一直声名响亮

从钢铁年代穿插而过

或就站在它身旁

可以体味或观察一些正确或荒唐

我们土地上的钢水却是真诚的

火热　且闪闪发光

它的产品没有朽坏在糟糕的时间

而是以严正的姿势

横跨在许多铁路桥梁

它使我们的土地酝酿了更现代的目光

去反思无益的急躁

而后　遵循规律的爽朗

情满三线

三线是那种理想化的合理空间
沿山摆开
或直接建在山里边
人们走来聚在一起
简陋的居室中
很快就冒起了激情的炊烟
一代人的目光坦率而不去拐弯
朝着目标看过去
不曾理会风沙漫进生命中间

三线嵌进的那个日子
人们心中充满理想信念
丢掉曾经拥有的一切
走来　从没有怨言
大城市慢慢退去
越来越远
三线的人们穿粗布工装
生活在自己快乐的每一天
三线是暖的

一群人围着

有憧憬　有自己简单的浪漫

冰雪拥门的日子　三线人不哭

相信自己的理想能驱散严寒

三线人生下的孩子留在了三线

皱纹偷偷爬上了三线人的脸

三线人总觉得日子一定很好

好过从前

想起当年站在荒蛮的草滩或山间

野风如狼扑来

狂沙弄痛了双眼

他们无所畏惧地劳作着

将风沙攥向天边

三线人离开三线时

岁月早已翻篇

人们将一些遗址和废墟还给大山

三线人总是偷偷跑回去看那些小道

那些走过的路啊时时在梦中

弄得他们彻底难眠

在城市　坐在公园

寂静让三线人倍觉孤单

患起久治难医的顽疾啊那是思念

三线人想起奋斗的岁月

人暖　情暖

亲亲热热地笑

笑在三线

三线人在遥远的地方想三线

青春岁月的故事

让他们陷入沉默

一天　又一天

饥饿年代的苦菜花

我们无法忘记它的光亮

在饥饿年代　它的花朵

闪着慈祥的金光

绿色的苦苦菜早已忘了自己的学名

只是朴实而坚韧地伏在大地上

拯救着许多濒临死亡的饥肠

它是可以被喊作母亲的

它的汁水是大地的另一种宝藏

它的苦涩好像一句话

永远语重心长

垂死挣扎的生命因它而具有了力量

站起　走向远方

苦苦菜的花朵

让一代人握住了生命的光芒

它是不起眼的

微弱　像弱不禁风的铃铛

但我们看到它在风雨中的从容后

我们会少去许多失望

以最大的耐力活下去

一直　看到自己挺起了脊梁

一朵花的召唤算不了什么

也不会有轰天巨响

但想想我们疲弱的时候

想想我们濒临死亡

这一朵花含泪的花儿

苦涩　却能搀起我们的臂膀

我们知道奶汁并不一定是甜蜜的

有时　它长着另一种模样

一朵花一把苦苦菜延续过我们的生命

这是一种谁都不敢遗忘的善良

吃过它的人恢复过气力

至今　走路不曾虚弱地摇晃

一朵苦菜花在我们体内金光耀眼

哪怕至暗时刻

它都光焰万丈

它是来自最贫瘠最卑微的角落
从没有呼喊过什么
只是在艰难岁月中展示金黄
它的苦涩濡染过的心灵
不再有那么多轻狂
沉稳　扎实　开朗
苦涩的花朵教会了人们
如何坚持正确的行走方向

饥饿年代的苦菜儿
早已酿出我们经久不息的体香
那是一代人挥之不去的芬芳

那群可爱的杭州知青

20世纪60年代，一批批的杭州青年奔赴宁夏，参与西部宁夏的开发建设。他们给雄浑的西部带来了江南水乡的气息。

老了的时候才回家

他们已融不进江南柔美的风情

来到西部他们是全身心的

全心全意融入一种雄浑

坐在沙漠的边沿

他们有着江南人的纳闷

看黄河中的落日

他们明白这里其实很纯净

看过去

一直能看到唐诗的光晕

翠绿的田野中

他们的口音糯软　甘纯

仿佛钱塘江流来

有自己更改不掉的水声

岁月让他们走在这里

他们走出了许多钢硬

但走丢的东西也很多

比如满脸羞怯的红晕

比如水一样的腰身玲珑

西湖是他们常讲的故事

西施吴越也一样拿来傲人

说起雷峰塔　他们目光迷离

在革命的年代

他们不会相信鬼神

月光下的沉思

他们泪流无声

大西北的冬天

绝没有江浙的温情

寒风吹过来

可以将人冻晕

想家的时候想水暖山温

那满山的绿叶啊经久不息

从来　不止歇鸟的长鸣

杭州知青

这是杭州知青

多年以后的回转

却徘徊在青砖黑瓦的家门

他们已不习惯过多的淫雨柔弱的风

不习惯太稠的绿色拥拥挤挤

人多得密不透风

大西北的疏密相间啊

习惯了这群杭州知青

坐在有雨的夜晚　他们想

想他们洒下过青春的地方

想一场雪后

他们留下的那串依然笑着的脚印

嘀哩嘀哩

扫码听诵

嘀哩嘀哩

是一支歌曲

当年来宁支宁后

就不曾回去

每当春天的时候

他最是心急

站在西部的土地

一遍一遍嘀哩嘀哩

问着春天在哪里

春天在哪里

嘀哩嘀哩的追寻

是一代人的心事

这里的春天来得有些迟

但它扎实　绵密

它的韧性也是令人敬佩的

狂风吹过来

依旧风中挺立

国家一级作曲家潘振声1958年赴宁支边，在宁夏生活工作了33年，为一个时代写下了100多首儿歌。《嘀哩嘀哩》《我在马路边捡到一分钱》《小鸭子》等耳熟能详的儿歌，都是在宁创作的。

嘀哩嘀哩有磨难

一些在心灵

一些在肉体

肉体的痛苦稍纵即逝

心灵的焦灼

却是　如何用最童心的歌曲

表达自己的心事

嘀哩嘀哩满脸皱纹时

依旧是个儿童的样子

他对自己的儿歌心存感激

童心让他开成一朵花

花开四季

寻春的嘀哩嘀哩

最终也是一脸孩子气

站在宁夏大地敞声大喊

春天在这里

春天在这里

永远在小朋友的眼睛里

绿化树啊绿化树

还是让我们叫它马缨花

在宁夏的土地上　叫合欢

有些过于文雅

马缨花站在我们的风中

它的羞怯和大胆　都不用夸大

毛茸茸的眼睫毛

在岁月中一眨一眨

它是一直存在的

如云　如霞

马缨花在一篇小说里

已全部女性化

纳着鞋底

有时　说乡村的土话

但她的美丽和善良是不变的

爱一个男人爱到无以言表

会说一些狗狗肉肉的傻话

《绿化树》，宁夏著名作家张贤亮的中篇小说，伤痕文学的代表作，曾获第三届全国优秀中篇小说奖。他创作的《灵与肉》《绿化树》《男人的一半是女人》不仅影响了一代中国人，也使之成为世界著名作家。《绿化树》刻画了在世界文学长廊中鲜活的、独具特色的女性形象——马缨花。

那一次见她

她正在集体生活中笑语喧哗

传授饥饿年代做一顿好饭的窍门

她的眼睛瞟过来

看到了一个男人的落魄和困乏

她的炉火很暖

有西部女人的爽朗豁达

被她暖过的文章文采迸发

连那串喃喃的读书声

也能听到某种东西在体内发芽

马缨花在故事中

笑得很甜　甚至很傻

爱在那里是一种注视

看着一种读书姿态　她已是眼角泪花

她推着一串情节走着

觉得自己叫绿化树有些横跨

少了点风情味

不若土香土色的马缨花

马缨花牵着写书的手

走着　从不求伟大

她觉得让人吃饱最实在

特别是一个饱经苦难的作家

弄来的粮食喂养了一种爱

那爱啊　超越一切情话

马缨花走出我们的视线

是她自己的狡黠

无法处理结局

她宁肯将背影留下

她听说过悲剧更吸引人

想她　我们会想绿化树

进而想到合欢的脸颊

想到一个西部女人在饥饿年间的

那种柔情和泼辣

苏峪口风光

扫码听诵

最直接的是在七月

掐一朵花　嗅那花香

这是纯正的苏峪口味道

旖旎　却不失粗犷

苏峪口走下山来有时我们不知道

其实　正是绿草在半山坡的那种流浪

泉水　也算是一种走法

哗哗啦啦　轻轻流淌

白云啊　是被苏峪口抓住的

一直被苏峪口抓在手上戴在头上

雨天防雨

晴日遮阳

苏峪口咧开的时候

是敞开了胸腔

让我们走进大山

嗅那五月的花香

幽幽淡淡的沙枣花开在它的胸膛

苏峪口，位于银川市西北约40公里的贺兰山里，是宁夏著名生态旅游景区和国家4A级旅游景区。

感觉它在呼吸

喷吐满山的芬芳

野花们无书可读

就读阳光

读到空气中的音乐

它们或娇红或金黄

反正它们绝不会苍白无力

在苏峪口这个地方

游人啊

来看苏峪口有一种异样

目光中的成分复杂

有些犹豫彷徨

但走出苏峪口时便已理直气壮

苏峪口有自己的语言

会说出别人看不到的沧桑

风的味道也可以让你嗅嗅

石头决不是痴呆荒凉

摸上去后　你会觉得

某种坚硬的东西会附在身上

可以叫从容无敌

也可以叫坚定的刚强

闪闪星海湖

这是一片可评点的水面
因为它会一直星光闪闪
贺兰山的雨雪会栖居在这里
特别是夏天　　夏天
天空中的雷声愿意从这里滚过
用自己的潮湿滋润这片水面

属于故事的那部分
可以留给明天
明天　更加理智的人们
会怀念自己的祖先如何抵御干旱
生存和活着依旧是个命题
从来都不是旁观者的评点
和与此无关的冷漠那样简单

这里是星海湖
阳光下　一闪一闪
它知道一座城市和它的人民
有着最基本的期盼

所有的日子都是需要水的
特别是那绿色的蔓延
而不是那种沮丧的抱怨
更不是虚假的呐喊
一面湖走来的历程
永远不像人们想象得那样平坦
泪在这里流过
坎坷立起来　超过大山

星海湖平静地存在着
是一个城市舒展的眉眼
它知道自己是不能抹去的
消灭一面湖
是留给未来最不光彩的遗憾
只要有滚滚人流存在
只要有倔强的贺兰山

它是有恐慌的
怕曾经的恶臭再次浮现
怕杂草盖上自己的双眼
就像千百年前的水声荡漾后它被丢弃
在荒芜的岁月中慢慢枯干
然后发臭
臭气冲天

悦海　阅海

阅读一片海

水面上的阳光温暖可人

透彻心骨的蓝

轻松地　托着白云

一群燕子飞过

草在水边竖着耳朵　倾听

听见一座城市的根茎

积淀历史内蕴

阅海最简单的这部分

是阅看水的波纹

季节就是在这水面翻过去的

水的故事脆皮嫩瓤　一层又一层

海其实比我们阅得更多

天天盯注着时间　从春天看到最冷的深冬

我们是阅过海的啊

虽然并不是巨大的轰鸣

也没有浪花无尽的汹涌

这片海的宁静也是一样来自黄河母亲

它是千年前湖水的缩影

停在这里　不是摆设

而是诉说岁月的飘忽不定

飘来一片海或飞去一片海

都不会弄疼我们的眼睛

但海在这里啊

有着巨大的象征

在那轻轻漾动

一座城市便不枯燥

有自己的鲜嫩

将海的细浪抓在手中

我们知道　海在笑

笑得年轻而滋润

览山啊 览一抹远山

最是夕阳西下的时候

来这里览山

城市在这里视角独特

有一双专注而诗韵的眼

山上的那轮夕阳想说什么

却又默默无言

从这里看过去

太阳君临远山

竟然如花

有着风韵十足的灿烂

山那里

有我们童年的故事和清澈的山泉

那里的山谷藏着传说

以及翠绿的景点

每一块石头都是开放的

面对人流

面对时间

让我们尽情观望

纵情而览

我们来了
我们来览山
我们是刚刚在河边听涛的
听过黄河的呢呢喃喃
巨大的山谷扯来我们的目光
我们看到了一座山不动声色
不可揣摩的山巅

此刻　我们的目光伸出去

伸得更长　更远

看到了山中的花儿如火　欲燃

一群鸟逗弄得野草春情萌动

沿山脚流来的泉水

自己掬饮着　品味甘甜

我们览山

这是目光的盛筵

将一座山看透了

才知什么叫风景无边

山势奔跑与原地不动

都是那么姿态万千

贺兰石在山中笑着

不用雕刀　自成石砚

啊　看到迎面而来的风啊

我们模糊了自己的双眼

那是我们弄响了一片风声

祖先大大方方走来

让我们览看

通湖草原

扫码听诵

通湖草原的花

正在指指点点

它们说通向一片湖的路

有草　而且草色连天

春天你来的时候

脚会受到羁绊

那些草都是要你留下脚印的

至少　应该留下由衷的赞叹

通湖草原，距中卫市26公里，是宁夏与内蒙古交界处的一个景区。它汇集了沙漠、盐湖、湿地草原、沙泉、绿洲、牧村、岩画等多种自然、人文景观，被誉为"大漠中的伊甸园"。

对一片草原的评点

信口说来　过于简单

通湖草原是紧挨着黄沙而卧的

风沙常常会眯住它的双眼

但通湖草原总是有自己的妙招

用一场淋漓的夏雨洗过

呈现给我们肥硕秀美的秋天

通湖草原啊

通湖草原被夸张了一下

让露珠闪亮在它的草尖

一片草原晶莹剔透

闪烁着童话的脸

通湖草原被比喻的时候

一个美姑娘　在风中

正舞姿蹁跹

她的绿裙飘荡在大地

亮亮的湖水

正是她含笑的心田

通湖草原最喜欢留在七月

那时　它最像一片草原

丰腴　舒展

有千万串鸟鸣划过

太阳　翻滚在天边

一片翠色鲜嫩得自己怀疑自己的丰满

怀疑自己的湿润

不相信自己有最柔软的身段

这是站在通湖草原

或正走向通湖草原

草原的味道一直很正

嗅来　有野香芹

也有摇曳的马莲

梦幻宁夏红

扫码听诵

在我们寻找它的时候

它敛起了自己的踪影

但它的酒香是留下来了

留下了甘美纯正

一袭红裙飞天

带不走眼眸和红韵

啊　宁夏红

宁夏红

饮你的时候

我们正年轻

浸进骨子的那片浪漫

让我们温暖

且舒爽到今

入口香滑不拗口

是一种品格和精神

暖心润心不乱心

品牌的力量

任谁也不能否定

那红啊　人们喜爱的热情颜色
一直激情　跳动

梦幻般的宁夏红
一直将故事掩进衣襟
韵味却是敞开的
那种丝丝绵绵
那种柔情
当年醉进春风何等时髦
而今　怀念一瓶酒的温情
谁又能说老不正经

宁夏红　宁夏红
深藏在我们的岁月中
时光中红彤彤的标签
让我们有往事可讲
让我们眠进汩汩作响的暖红

给你一个
宁夏

走出大山的人们

一次史诗性的举措
其实就是告别古老的炊烟
土屋　以及磨盘
甚至包括伴随多年的行李卷
山是一点一点地退远的
人慢慢地丢弃着旧有的目光
最终走出大山

这是一种平坦
不再有山道弯弯
曾经的大山低矮地伏下去
无法遮挡人的视线
人在这里纵目
可以看得更远
被挤压过的胸臆骤然张开
啊　空间　辽阔的空间
不再有太多的局限

走出大山的人们

听着丰沛的水声

响在耳边

六月的蟋蟀也叫

却叫得比以往更甜

庄稼一直舒展开去

伸向天边

瓜果蔬菜有更多的活泛

古老的麦子在这里茁壮

可以长成一个不打折扣的丰年

走出大山的人们

有些走得更远

千里之外挥洒着自己辛勤的汗

没有山石的羁绊

他们的脚步十分矫健

唱着山中带来的花儿

他们心中轻起波澜

没有谁再想走回大山

山中石头太多

山中　有太多的山道弯弯

贺兰山下果园成

准确的释读
我们应该去问唐人
反正这里已是果园成
葡萄园在夏天晒着自己的肚皮
溢出阵阵清芬

岁月并没有被一首诗带走
在贺兰山脚下泛着古韵
风却是新生的
来自于人们生动的眼神
大面积的绿色铺开来
成为一个时代的风景
啊　也许
也许我们的某个早晨
打马跑过一个唐人
他的诗笔迟疑着
无法做出更潇洒的吟诵
这个地方最适宜夏夜坐下
来听　听各种酒类酝酿生成

清醇的香味是极大的诱惑

让我们的嗅觉蠢蠢欲动

五光十色的酒液凭空而下

变成了夜色中的香浓和霓虹

沿贺兰山一字摆开的山坡啊

养分十足　　土质疏松

曾经的古人

仅仅是用诗和遥遥打量的眼睛

做了简单的开垦

这里便有顺流而下的绿色朦胧

有令人垂涎的葡萄

铃铛一样晃动在风中

现在　　我们是不急不忙走来

看这贺兰山下果园成

我们可以抚摸所有带露的早晨

在夕阳下　　带着醉意

品味更加沉醉的黄昏

我们知道　　贺兰山下果园成

不是一首诗能完成的事情

曾经的目光太窄

看不透这绿色苍茫

酒香销魂

蓝天下的凤凰城

凤凰的传说
落地　生根
变成了一座城
凤凰也在某个街口站立
显示给人们自己的造型

我们　一定想得比凤凰多
想很多的梦想成真
不飞那种若有若无
飞出自己全部的面容
将身上的阳光洒给一座城市
然后　长出飞翔般的光明

蓝天下的凤凰城
这里的湖泊早已按捺不住自己的水声
水声中藏着凤凰最精致的倒影
特别是那傲娇的眼神

飘飘的一座城

有仙气　有凤凰的神韵

历史加重了它的肥厚度

它也是线条流利

比例适中

旧有的东西做着恰到好处的陪衬

新生的时代

为旧时光而迷醉的神情

只是因为那只凤凰飞来飞去啊

最美好的形象

在那种神奇的隐约中

蓝天下的凤凰城

每一朵花儿都有自己燃烧的激情

看到蓝天

人们对凤凰有着绝对的坚信

这座城市就是最美的凤凰

我们只是感受它美丽的体温

无需茫然追寻

无数的凤凰啊无数的梦

哪一天飞起来

都能炫美蓝色的天空

天南地北宁夏人

扫码听诵

相信贺兰山年年都会漫过春风
相信六盘山秋天有最美的风景
相信黄河不打折扣地流过
相信一片土地饱满而充满神韵
那么　就会有许多人
年年走来　做本分的宁夏人

宁夏人不走出去不是保守
是因为这里养人有最憨厚诚实的成本
宁夏人守在这里不是呆笨
因为这里的季节四季分明
宁夏人犯不着和别人耍心眼
简单的心灵相激
就会产生一生不会背叛的真情

宁夏人啊
宁夏人从塞上江南后
有更多美丽喷香的早晨
宁夏的黄昏漂在池塘中

绚丽诱人

走出宁夏去最多算出了一趟远门

回家啊　回到宁夏

那股熟悉的宁夏味

直接湿润久别的眼睛

宁夏明白地告诉你

这里的夏天很安宁

田野中的秋风

肥硕得令人销魂

触摸宁夏先摸它的河水

摸山　会摸到历史的烟云

天南地北宁夏人啊

不是走出去

而是大量涌回家门

宁夏不高价也不低廉

就像它的身材

玲珑适中

宁夏不打遍天下无敌手

宁夏也不会忍气吞声

宁夏人和它发音一样

发不出叽里拐弯的声音

宁夏人是将秦腔和眉户剧

唱出自己理解的那种深情

啊　天南地北宁夏人

宁夏人来自天南地北

想故乡　更想宁夏的温馨

失去一些知名度

宁夏人也不是那么吃惊

谁有这里的好山好水

有秋天说不尽的鱼米香薰

将宁夏套用在哪里

宁夏人也都淡定从容

宁夏有自己最美的封面

两山一河

还有一网活蹦乱跳的鱼群

天南地北宁夏人啊

为了体现自己的硬度

宁夏选择性地推出自己的大漠骆驼

和长城雄浑

其实宁夏很温很柔

单凭那盏盖碗茶

你就会喝出宁夏滋味

和它香馨的多样性

啊　天南地北宁夏人

宁夏人写籍贯写得四面八方

但根啊　根

就扎在脚下

与土地密不可分

尾声　倾听一片土地的声音

不是一只耳朵
而是一群
不是一个时间段
而是无数个昏晨
倾听一片土地的声响
这片土地也绝不是表象和单纯
它会吱吱作响
有自己的响动
其声　丰富而充满内蕴

你可以在它的山中听
可以听到万年前的陶片
在地下美丽地呻吟
那些赶过集的古人走出民俗
满足而兴奋
艰难岁月并没有弄垮他们
他们一直葆有明亮的眼神

古龙的声音

巨大而令人惊恐

我们可以坐在平原上听

一片土地曾因诗意的托举

而自满　醉意蒙眬

一群现代的羊被赶过来

雪白　犹如白云

土地的响声细碎而玲珑

我们啊　倾听

听到它丝履般的柔情

倾听一块土地的声音啊

一片土地语言丰富　表达深沉

它是从不轻浮的

沿岁月而下　充满责任

养育过多少水流和春风

送走过多少逝去的人群

这样的地方啊

表面上扬一点小小沙尘

骨子里却是似水柔情

它的花开　并不衰减自己的香浓

它的儿女走出去

一样弄出属于自己的风景

这是一块神奇的土地

这里　有撷取不尽的诗韵